四号警備

新人ボディガード久《く》遠《どお》航《こう》太《た》と隠れ鬼

安田依央

集英社文庫

四号警備

新人ボディガード久遠航太《くどおこうた》と隠れ鬼

1

「もぉいいかぁい？」

遠くで鬼の声が聞こえる。クスクス、あははは、ぐふっ、だっはっは。押し殺した笑い声、嘲る声、不気味な咆哮《ほうこう》。高くなり低くなり迫って来る。彼女は必死で逃げていた。

森のように広い公園、鬱蒼《うっそう》と茂る木々の陰に曲がりくねった赤い道がのびている。

夕闇が迫る。街灯に照らされて影が伸びる。後ろからひたひたとついてくる足音がすぐそこに迫って来ていた。走って走って、もう自分がどこにいるのか、どこから来たのかさえも分からない。天にまで届きそうな大木が並ぶ暗い坂道を駆けていく。明かりがなくて怖かった。でも逃げなきゃ——。ようやく見つけた灌木《かんぼく》の茂みに潜り込んで息をひそめる。

誰か助けて、誰か——。

大声で叫びたいが鬼に見つかってしまう。

灌木の枝がぴしぴし跳ねて頬や半袖から伸びる小さな腕、細い足に容赦なく傷をつけた。痛みさえ感じないほど怖くて、震え、丸く小さくなって、見つからないように、息を殺している。ハアハアと不気味な吐息がすぐ傍《そば》で聞こえた。

「もぉいいかぃ」

血走った目をした鬼が囁《ささや》いた。

◆

八月三十日。時刻は間もなく六時だ。街には昼間の熱気が残っているが、吹く風はどこか涼しく秋の到来を予感させた。

久遠航太《くどおこうた》は私鉄駅の改札を出たところで見知らぬ青年と話している。

青年が荷物を抱え直す。洋服や鞄《かばん》、靴、家電。色んな通販サイトのロゴ入り段ボール箱を前が見えないほど積み上げ抱え、彼は立っているのだ。

駅前は家路を急ぐ人と、周辺の飲食店に向かう人々でごった返している。

陽気な声と無言の足音。航太たちに関心を払う人はいない。誰もが傍らを過ぎていく。

配達バイト中に偶然友達に出会って喋《しゃべ》っているとかそんな感じで、自分たちは風景に溶け込んでいるんだろうなと思った。

落ちたパスケースが誰かのつま先に蹴飛ばされそうになったのを拾い上げた縁でこうなっている。

落とし主は人のよさそうな青年だった。害のない笑顔、方言交じりのどこかのんびりした喋り方。人懐っこい犬みたいだと思う。

パスケースは就職祝いに田舎のばあちゃんがくれた大事なものだそうで、拾った航太は恩人らしい。積み上げた箱を持ったまま、彼はまた頭を下げる。もう何度目か分からなかった。なんか頭を下げて水を飲む鳥のおもちゃみたいだなんて内心考えている。

ちょっと、どうなんだという気もしてきた。東京で初手からこんな風に距離を詰めてくる人はあまりいない。

もう十分お礼を言ってもらったし、お礼代わりにと誘われているお茶に応じる気もない。じゃあなんで自分はここで彼の話を聞いているんだろう。さっさとこの場を立ち去ればいいだけじゃないか――。そう思いつつも動けない理由の一つはここが待ち合わせ場所だからだ。でも、そんなのは電話かメッセージで変更すれば済むことだ。

そこじゃない。理由は他にある。彼の言葉が一つ、猛烈に引っかかっているのだ。

青年は東京に出てきて、どうにか宅配の仕事に就くことができたもののミスばかりしているそうだ。一人で生きて行く難しさを語る彼の言葉に共感する部分はもちろんあった。

「お兄さんは大学生？　就活中とかですか？」

青年に訊《き》かれ、航太は力なく笑う。

「いや。一応、社会人です」

「うっわ。すいません、失礼しました」

荷物を抱えたまま直角に頭を下げる青年の姿に苦笑した。

大学を出て一年半近いが、こんなのは日常茶飯事だ。就活生ならまだマシ、ひどい時には未成年だと思われることさえある。あんまりじゃないかと思うが、童顔のせい、スーツ姿があまりにも様にならないせい。その両方。そんなところだ。仕方がない。

「ね？　お兄さんもそうでしょ？　やっぱ仕事って色々大変じゃないすか。ほら、理不尽なこと言う顧客とか、上司とかいるでしょ」

「さあ、どうでしょう。まだ転職したてでよく分からないんです」

あいまいに笑い、さりげなく遠ざかろうとしている航太に青年は言った。

「そっかあ。お兄さん、職場に恵まれてるんだなあ。でも、あれでしょう？　人間なんだし悩みとかあるじゃないすか。どうっす？　気になって眠れないこととかないっすか？」

「うーん、まあ、それは……」

夢のことを考えている。

半年ほど前だろうか、航太は悪夢を見るようになっていた。人の死にまつわる残酷な情景ばかり続く。本当にひどい夢ばかりなのだ。毎日、魘《うな》されては飛び起きた。

でも本当に恐ろしいのは、これが夢の中だけに留《とど》まらなかったことだ。昼間ちゃんと起きているはずなのに、何かの拍子に白日夢のようなものを見ることがあった。

何度かそんなことが続き、さすがに自分の精神状態が心配になった頃、ある時を境にぱたりと夢を見なくなった。

事件に遭遇したのだ。彼氏のふりをして欲しいという女子大生に騙《だま》され、航太は彼女に付きまとう元カレのストーカー男に捕らえられ殺されかけた。

エンジェルストランペットは有毒の植物だ。山奥の採石場で月明かりを浴び、闇に浮かぶ巨大な白い花々。その花から抽出した、幻覚作用のある液体を投与された。

そこで航太が見たものは、日頃の悪夢を凝縮したようなものだった。身体《からだ》を拘束され、酸素も足りないコンテナの中に閉じ込められ精神が崩壊しそうなぎりぎりのところまで追い込まれた。

それ以降、航太は夢を見なくなっている。

不思議な話だ。極限まで追いつめられたストレスのせいなのか、あるいは――。

検査を兼ねて入院した際、精神科の処置を受けた。その際のカウンセリングが関係しているのかという気もしている。それで夢から解放されたと素直には喜べなかった。カウンセリングの手法に嫌悪と反発を感じたせいもある。ちょっと実験台にされたような印象を受けたのだ。

悪夢を見ない日々。ほっとする反面、航太には気になることがあった。

あの夢には続きがあったはずなのだ。

夢の中では少しずつ場面が移動していた。場面というより時間か。夢の中の時間が少しずつ核心に近づいていたように思うのだ。では夢の果てには何があるのか？

殺戮《さつりく》、血、銃声、爆発音。夢というにはあまりにリアルな情景、臭いや音、砂漠の乾いた風。押し寄せる洪水みたいな情報に五感が悲鳴を上げる。それでも、絶対に自分はここから目を背けてはいけない——。心の底で知っていた。

何が自分にあの夢を見せていたのか分からない。でも、今の自分は大切な何かを忘れているような気がしてならなかった。

鍵？　何かとても重要な事実にアクセスするための鍵を見失ってしまったんじゃないか。そんな焦りを感じている。

「お兄さん、やっぱり悩みがあるんすよね」

青年に言われ、はっとした。

「分かる、分かりますよ。幸せそうに見えたって、誰だって何かの不安や寂しさを抱えてるから」

不安、寂しさ——。

航太をこの場に留めているのは青年が最初の方に発した言葉のせいだ。

『お兄さんは考えたことないすか？　今、自分が死んだら親兄弟以外に誰か泣いてくれる人っているのかなって』

そして彼は言う。配送に行っても今は玄関の前や宅配ボックスに置いて帰るばかりで、相手の顔を見る機会もない。こんな風に誰かと話すこともあまりなくて、ただ孤独なまま日々が過ぎていくから、だからあなたとこうして話せて嬉《うれ》しい——。

「俺、時々考えるんすよね。東京の片隅で誰かと関わることもなく、何となく生きてるだけなのかなって」

その感覚には覚えがあった。同じようなことを考えた日々がある。

過去形？　じゃあ、今は違うのだろうか？

自問自答している。本当に？　今、自分が死んだら誰か泣いてくれる人はいるのか。

「よかったら、一緒に来ません？　そういう悩みが嘘《うそ》みたいに晴れるんです」

「え？」

話の急展開に驚いた。

「あ、自分の先輩なんすけど、自分らみたいな人間の話を聞いてくれて親身になって考えてくれる人がいるんです。ね、行きましょうよ。ホントに気持ちが楽になるから。仲間も一杯できますよ。みんなホントにいいヤツばっかだし。お兄さんみたいな人だったら絶対にすぐ馴染《なじ》めますって」

ちょっと待ってくれと思った。

「いやすみません。これから仕事なので」

「じゃ、じゃあその仕事終わってからでもどうです？　連絡先、交換して下さいよ」

ガードレールの上に荷物を置いて器用に腹で支えながら尻ポケットからスマホを取り出そうとする青年を航太は慌てて止めた。

「本当に結構です。連絡させていただくことはないと思うので」

「何でですかあ？　人間、一人では生きていけないんだから。そんな意地張らずにね。ほんと、騙されたと思って一度来て下さいって」

害のなさそうな笑みと強引さがちぐはぐで気持ち悪い。だが、いいヤツっぽい青年だ。何となく厳しく拒絶するのもためらわれる。

仕方ない、連絡先だけでも交換するかと思った瞬間、背後から声がした。

「再三のお誘い痛み入るが、彼のためにその役目を果たすのは俺の仕事なんでな。そろそろお引き取り願おうか」

凛《りん》と通る低音に甘い響き。振り返るまでもなく分かる。獅子原烈《ししはられつ》、航太の上司だ。

航太と目が合うと、烈はどこか美少女めいた顔にいたずらっぽい笑みを浮かべ、ぱちりとウィンクした。きらきらハートが飛びそうな仕草に周囲できゃーっと声が上がる。

ヒエッと思う。だが、気にしては負けだ。

今年の五月、航太は一年間勤めた警備会社から引き抜かれる形で現在の会社に移籍した。

移籍先はユナイテッド4。身辺警護、つまりボディガードを専門に行う会社だ。

こう見えて烈は凄腕《すごうで》ボディガードなのだ。なのだが、とにかくイケメンとしか形容しようのない男だ。色素の薄い髪、長い睫毛《まつげ》。どうかすると人形のようにも見える美少女めいた顔。それでいて女っぽいところはまるでない。彼の表情は雄弁で、時に勇猛、時に優しく、またある時にはその策士ぶりを余すところなく映し出し、ころころ変化して見える。

あまりのイケメンぶりに表現する言葉が追いつかず、つい普段は使わない語彙力の倉庫を全開放してしまった。別にゴマをすっているわけでも何でもない。そうじゃなく、イケメンも度が過ぎると隣にいるこちらにも影響があるのだ。一歩離れて心の目で見る。それが彼と働くための心得その一だった。

烈が美しいのは顔だけではなかった。スタイルもずば抜けている。長身、長い手足、さらには顔が小さい。それでいてしっかりと実戦用の筋肉がついている。完璧なプロポーションの持ち主だ。

彼はドレスシャツにネクタイ姿で上着を手に持っていた。ユナイテッド4では職務中、基本的にダークスーツ着用が義務づけられている。さすがに真夏は、現場や依頼主によってクールビズが認められることもあったが、上着とネクタイは常に用意しておかなければならない決まりだ。

これから依頼主の家に向かう予定なので、航太だって同じく上着を手に持ち、ネクタイを締めている。ざっくり括《くく》れば服装は同じだ。なのにできあがったものはまるで違った。

就活生と、ファッション雑誌のグラビア。

そもそも同じ人類と思えないんだが？

毎回、溜息《ためいき》交じりに考える。最初から張り合う気もないが、とにかく次元が違った。恐ろしく高い位置にある腰のベルトや腕まくりしたシャツから覗《のぞ》く腕時計やネクタイ、靴、すべてのセンスが群を抜いている。

烈が現れた途端、道行く人たちの視線の向きが変わった。本当に磁力でもあるんじゃないかと思うほど、一斉にこちらを向いたのだ。とりわけ烈にくっついて来たらしい女性たちの視線がぎらぎらと突き刺さってくる。

完全な巻き込み事故だ。

航太はもはや慣れっこだが、青年の方はそうではなかったらしく、用事を思い出したとか言って慌てて逃げていった。

「おいおい。用事を思い出したって君、そもそも配達中の設定だったんじゃないのか」

呆《あき》れたように烈が言うが、猛スピードで立ち去る青年の耳に届いたかどうか。

「設定？　あれって設定なんですか」

「ああ、ターゲットに近づくための口実さ。荷物が多くて落としたものを拾えない。それを拾ってくれる親切心につけこんだ勧誘の手口だな。最近、あちこちであの手の連中の目撃情報が上がっている。大荷物抱えて、その実配達に向かうわけでもなく、一日中うろうろしているらしいぜ。要するにカモにしやすい獲物を探すための擬態ってとこだな」

うわあと思った。何となくそうではないかという気がしたが、どうやら青年にとって航太は格好の獲物だったらしい。

「俺は何のターゲットにされてたんですか」

自分でも驚いたが、いじけたような声が出た。結構心にダメージを受けているらしい。特殊詐欺の受け子にでもするつもりだったのかと思ったが、烈はいやと首を振る。

「あれは『寿《ことぶき》・清廉《せいれん》のつどい』という団体だ。君、聞いたことないかい？」

ことぶきせいれんのつどい？　何だそれ。

「老人会か何かですか」

そう言うと、烈が大笑いしながら説明してくれた。

『寿・清廉のつどい』は以前『豊耳《とよみみ》教会』と名乗っていた、いわゆる新興宗教。二十年ばかり前に強引な勧誘や悪質な霊感商法で問題になり、世間から猛バッシングを受け一時期鳴りをひそめていたが、名前を変えて再開。最近その活動がやたらと活発になってきているのだそうだ。

なるほど宗教だったのかと思った。

そういえば大学の時、教務課からサークルを隠《かく》れ蓑《みの》にした宗教勧誘に気をつけるようにと再三注意喚起がなされていた。航太はバイトに忙しく、授業以外でキャンパスに留まることはあまりなかったから、自分には関係のないことだと思っていたのだが。

「全然、知りませんでした」

航太が言うと、だからこそさ、と烈が頷《うなず》く。

「俺は当時、小学校二年か三年だったから、世間が大騒ぎしていたのを覚えているが、さすがに君らは記憶がないだろ？　当然その分、警戒心が薄くなる。ヤツらとしちゃそこが狙い目なのさ。信者獲得のために成人となる十八歳から二十代前半の若者が狙われてるって話だ」

「ええーそうなんですね……」

まだまだ自分は知らないことが多い。

三ヶ月の試用期間が明け、航太は晴れてユナイテッド4の正式な社員となった。とはいえこの会社では行う業務の特殊性もあって新入社員には六ヶ月間の研修プログラムが用意されている。まだまだ研修途中のひよこだ。家に帰った後も座学研修で教わった内容を復習したり、自分でできるトレーニングメニューをこなしたりと、なかなか忙しいのだが、ちゃんと世の中の動きにも目を向けておかなければいけないなと反省した。

「甘っ。予想以上に甘いぞ。君、半分いらないか？」

ホイップをなめた烈が言う。

先方から約束を一時間遅らせて欲しいと連絡があったそうで、カフェでお茶を飲んでいる。航太はアイスコーヒー。烈は抹茶のフラペチーノだ。ホイップとチョコソースが沢山かかっている。

「なんでそれにしたんですか？　獅子原さん甘いのあんまり得意じゃないですよね」

「なんでって君、人間ビターなばかりじゃつまらないじゃないか、というのはさておき、いつも同じ選択ばかりじゃ思考の傾向が固まって面白くないからな。たまには自分を裏切って派手な勝負に出てみるのさ」

などと言いつつ、ここでも烈は女性たちの注目を一身に集めているがまるで気にする様子もない。優雅にソファにもたれ、長い足を組んで寛《くつろ》いでいるのだ。一口だけもらったチョコソースがたっぷりかかったホイップにやはり「甘っ」となりながら、航太は先ほどの青年とのやりとりを思い返していた。

「でも、どうなんでしょう。宗教ってそんなによくないものなんですか？」

青年の話に惹《ひ》かれる部分がないわけではなかった。孤独に暮らす人間にとって居心地よく過ごせる仲間の存在は魅力的だ。

航太だって、前の警備会社にいた時に同じように声をかけられていたら断らなかったかも知れない。本人にとって居心地のいい場所ならば別に母体が宗教だって構わないんじゃないかと思ったのだ。

そう言うと、烈はフラペチーノを啜《すす》り、宙を眺めて考えている。

「まあ、そうだよな。確かに宗教そのものが悪いわけじゃない。寄り添うものであったり支えになるというならそれは歓迎すべきだ。しかし、騙すように連れて行かれた先で洗脳されるとしたらどうだい？」

「えっ、洗脳されるんですか？」

「さっきの彼について行ったら間違いなくそうなっただろうな。あの教団の本質は二十年前と何ら変わってないんだよなあ」

こわっ、と首を竦《すく》める航太に烈が続ける。

「一旦洗脳されてしまうと並大抵のことでは解けないぜ。よく聞いといて欲しいんだが、君はうちの社の期待の新人だ。その君が洗脳されてまるで違う人間になってしまったなんてことになったら俺や一色《いっしき》、そうびの姐《ねえ》さんはもちろん、社長だって泣く。君はそこのところをよーく肝に銘じておいてくれよ」

ぷくっと頬を膨らませ子供のような顔で言う。正直すごく嬉しかったのだが、面映《おもはゆ》くなった航太は思わず目を逸《そ》らしてしまった。

「で、でも、実際どんな感じのものなんでしょうか、洗脳って。途中で疑問を持ったりしないものですか？」

「ああ、自分が洗脳されていると気づくことは稀《まれ》だろうな。ああいうところじゃそう思わせないための巧妙な仕掛けがいくつも用意されてるんだ。連絡先なんか交換してみろ。ヤツらは食いついたら離れないスッポン同然だ。君なんかあっという間に引きずり込まれて翌週には駅前で大荷物抱えてるからな」

それはもしかしてめちゃくちゃヤバかったのではと胸をなで下ろす航太に烈が笑う。

何故《なぜ》こんなに詳しいのかと訊くと、以前に烈はその宗教団体から脱会した人の警護任務に当たったことがあるのだそうだ。

「洗脳は、その人のそれまでの人生をすべて上書きして消してしまうものだ」

彼の口調はいつも通り飄々《ひょうひょう》としているが、語る内容は重かった。

「ここからは俺の考えだが、人が何をどう感じるか、いわゆる感性とでもいうべきものだが、それはそいつが人生かけて紡いできたものだよな。もちろん人生なんていいことばかりじゃない。迷いや挫折、中には疲弊して死にそうになってるヤツだっているだろう。だがマイナスも含めてそれはそいつにしか作れなかった唯一無二の物語だ。そこにペンキをぶっかけて、塗り潰し上書きするのが連中のやり方さ」

ペンキかぁと思う。

「そんな乱暴な話があるかい。どれだけ大層な教義があろうと、救いだと言われようとも、そんな暴挙を絶対に許すわけにはいかない。俺はそう思うのさ」

頷きながら航太は、二股男に裏切られ、彼の結婚式に刃物を持って乗り込んだ書店員の事件を思い出していた。書店員のこれからを案じる航太に烈は、俺は人間の底力を信じてるんでなと冗談めかして言っていた。きっとそれこそが彼の本音なんだろうと思う。

あまりのきらきらしいイケメンぶりについ見誤りそうになるが、獅子原烈は人間を愛する熱い男なのだ。

獅子原烈。彼が護《まも》るのは警護対象者の生命や身体、財産だけではない。その人がその人らしくいられるために、心や人生までをも護るのだ。

航太はそんな上司を心から尊敬し、彼と共に働けることに喜びを感じている。

「ところで獅子原さん。こういう面接って、エスコート班ではよくあるんですか？」

駅からの道すがら訊《たず》ねると、烈は「どうだろうな。あんまりないんじゃないか」と言う。

今回、航太に与えられた任務はエスコート班の応援だった。

ユナイテッド４には任務の特性別に分かれた四つの班と、他班の支援を行う遊撃班がある。

主力はいわゆる要人警護。政財界の大物や芸能人の身の安全を護る。誰もがイメージするボディガードの仕事がこれだ。担うのは大園《おおぞの》班。主に警察や自衛隊などの出身者で構成されている。

他にメカニックやIT関連のスペシャリストが集まる魚崎《うおざき》班。女性の通勤や高齢者の外出、子供の通学などに付き添うエスコート班がある。

そして四つ目が、烈の率いる獅子原班だ。

通称、イロモノ班。特に大園班から揶揄《やゆ》を含めてこう呼ばれることが多い。

烈はもちろん、班員である一色時宗《ときむね》もまた烈とはタイプの違う超絶イケメンのため女性ファンが多く、これといった脅威がないのに警護を依頼してくるようなケース、はたまた警護対象者がそののち烈たちに対するストーカーと変じてしまったなどという数々の逸話があるせいらしい。

大園班の班員には質実剛健タイプが多く、華やかな美貌の烈や一色に対する色眼鏡というか、やっかみみたいなものもあるのだろう。

もっとも、獅子原班の任務のすべてがこの手のものだけということはない。わけあり依頼主や複雑怪奇な事案は基本的にこちらに回されてくる。

航太にとって、烈や一色と共に働くのは幸せな時間だ。彼らの態度や言葉の端々から、お前はここにいてもいいのだと、自分の存在を許されるような気がする。

しかし、正統派の警護員として研鑽《けんさん》を積みたいのならば大園班だと教育係の浦川《うらかわ》そうびに言われたことが気にかかっていた。

今回のエスコート対象は女子中学生だそうだ。エスコートに関していえば、打ち合わせや契約の際にはユナイテッド4の社屋まで足を運んでもらうのが原則だ。今回は依頼主が超多忙なためどうしても時間が取れず、こちらから出向くことになったのだ。

多忙なのは本人ではなくて依頼主である母親の方だ。彼女は航太でも知っている健康食品会社『みどり』の社長だった。

先日、高級ホテルの宴会場を借り切って、創業記念パーティーが行われた。以前から脅迫状のようなものが送られてきており不測の事態を回避するべくユナイテッド4へ警護依頼があったのだ。

彼女の会社は派手な番組型のテレビ広告で一躍有名になったいわば成り上がり。マスコミの前にしゃしゃり出てくる社長のキャラクターに負う部分が大きく、妬みを買うことも多いのではないかというのがユナイテッド4の分析だった。

パーティーの警護は獅子原班が担当した。華やかなパーティーの場なので見目の良いボディガードを、という依頼があったのだ。

正直、それってどうなんだと思わないでもない。だが、そんな需要に応えるのも獅子原班の役目なのだ。結局小さなアクシデントはあったものの、烈の機転で大事には至らず、パーティーはつつがなく終了した。

それでいいんだと烈は言うが、航太からすると、何か獅子原班が正当に評価されていないような気がしてもどかしかった。

今回、女子中学生の通学付き添いと聞いて、ちょっといやな予感がした。もしかしてアクセサリー感覚で烈をはべらせる女性たちと同じような動機からでは？　と身構えたのだが、隣を歩く烈は首を傾《かし》げている。

「いや、それがだな。難しい年頃のお嬢さんらしくてな。そうびの姐さんの写真を見て目立つ警護員はイヤだとのたまったらしい」

「あー。そっちなんですね」

エスコート班の班長、浦川そうびはとんでもない美女だ。ただし、ちゃんとした服を着て髪を梳《と》かして化粧をすればという条件がつく。普段の彼女は烈をして、三年寝太郎の寝起きと言わしめたような惨状なのだが、きちんとすれば誰もが振り返る美人だった。

「確かに目立ちますよね、浦川班長」

少し歩けば豪邸が建ち並ぶ一画に入る。比較的新興ながらも高級住宅地と呼ばれる街並みを歩きながら、烈は頷く。

「だよな。では渡瀬《わたせ》さんなど、他のお姉さん方ではいかがでしょうと、営業がご提案申し上げたわけだが、今度は保護者に間違われるようなのはNGだとなったらしい」

エスコート班には中年女性が多く、年齢的には母親世代の人ばかりだ。

「まあ単純に考えればただのわがまま娘だよな。で、目立ちすぎず保護者にも見えない君に白羽の矢が立ったわけだが、俺としちゃ逆に興味が湧いてな。ま、挨拶がてら見物にはせ参じた次第さ」

シャッター式の大きなガレージが坂の途中から見えてくる。高低差を利用する形で建てられた現代風のデザイナーズ物件だ。

白い床、白いソファセットが置かれた豪華なリビングで航太と烈を迎えたのは浅川《あさかわ》社長その人だ。

先日のパーティーでは烈と一色を傍に置き、招待客に「こちらはボディガードの方々なのよ」と紹介しながらご満悦だった。

彼女は特に烈がお気に入りで、思わぬ訪問に上機嫌な様子だ。来月から展開する新商品の話や今後の事業展開、果ては社内でのトラブルについて大きな声で喋り、その途中で家政婦に対し矢継ぎ早に指示を出す。

家の中でもなかなかに押しが強い。

烈が航太を紹介し、前回のパーティーの際にも警護チームにいたと言うと、社長はへえというような顔で航太を見た。

「ふうん、そうだった？　覚えてないけど、ありがとね。うん、いいんじゃない？　獅子原君や一色君みたいに目立ちすぎないし。いえね、私もびっくりしたのよ。目立ちたくないってねえ。我が娘ながら不思議で仕方ないわ。私だったら絶対に獅子原君に頼むけど」

人によっては無礼だと思われかねないことを平気でぽんぽん口にするのが、この人のキャラクターだ。

「恐れ入りますと言いたいところだが、社長、俺は基本、エスコート業務には就かないぜ？」

断っておくが烈は別に敬語が使えないわけではない。場面によっては完璧な言葉遣いをするが、パーティー警護の際に社長から「フランクにいこうよ、敬語禁止でね」と言われたのだ。ちなみに同じことを言われた一色は「私はこれ以外の言語を存じませんので」と返し、いつも通りの美しい敬語を貫いていた。

「やあね、分かってるわよ。言ってみただけじゃない」

派手な洋服にメイク、テレビで見る賑《にぎ》やかなキャラクターそのままに大声で笑い、隣に座らせた烈をばしばしと叩《たた》いている。

そんな母親を横目にすっと無言で娘が現れた。烈が航太の隣に席を移し、空いたところに彼女が座る。

ちょっと意外だった。バイタリティーの固まりのような母親とは真逆の地味で大人しそうな少女だ。華奢《きやしや》な肩に届くぐらいの長さの髪、どこかおどおどした様子で、軽く会釈をしたきり彼女は下を向いて黙ってしまった。

社長が溜息交じりに言う。

「本当はねえ、私は女性の方が良かったんじゃないかと思うのよ。誰に似たのかこの通り奥手な子でしょ。男の子と喋るのもあんまり得意じゃないみたいだし」

だから私立の女子校に通わせているのだと言う社長に、烈が訊く。

「俺は今回の依頼内容を詳しく聞いてないんだが、電車通学なんだよな？　その道中に何か具体的な危険があるのかい？」

「いえ、特に何があるってわけじゃないんだけど、やっぱり女の子だし、心配じゃない」

そういえば、と社長はちらりと航太を見、烈に視線を移した。

「ねえ。この子、大丈夫なの？　学生みたいだけど。ねえ、あなた。もしうちの娘をたぶらかしたりしたら訴えますからね」

「もうママ、やめてよっ」

小声ながらも憤然と少女が抗議する。

「何言ってんの絵理沙《えりさ》。年頃の女の子なんだからママが心配するのは当たり前でしょう」

「もうっ、もう。なんでママは……」

怒りをあらわにして言うが、その先の言葉は続かないようだ。立ち上がった彼女はそのままリビングを出て行ってしまった。

「ね。難しい子でしょう？　何をどうして欲しいのか訊いても答えないし。私ももうお手上げよ」

そう言う社長に、烈がふっと笑った。

あ、怒ってるなと航太は思った。案の定、お人形のような美しい顔から出てきたのはドスの利いた低音だった。

「聞き捨てならねえな」

えっと驚いた表情で固まる社長に、烈はとびっきりの美しい笑顔を向ける。

「生憎《あいにく》だがな浅川社長。この久遠航太の誠実さは誰よりも俺が知っている。こいつに限って警護対象者に手を出すなんてことは百パーセントない。俺の首を賭けて約束しよう。そもそもユナイテッド4の警護員にそんな低劣な真似《まね》をする阿呆《あほう》はいない」

「あ、ごめん。獅子原君、怒っちゃった？　あはは。ごめんて」

「分かってくれればいいさ」と烈が声をやわらげ、場の空気が元の友好的なものに戻る。

航太は内心、烈の言葉に感動していた。もちろんどんな仕事であっても全力を尽くすつもりでいるが、改めて頑張ろうと思った。

航太が絵理沙のエスコートをするのは新学期開始から一週間ということになっている。社長はこの先もずっとエスコートを頼むつもりらしかったが、烈が待ったをかけたのだ。

「こいつはユナイテッド4期待の新人でな。これから色んなことを覚えてもらわなきゃならないんだ」

登下校のエスコートとなると、毎日、朝夕の時間を拘束されてしまう。それでは他の任務に就けなくなるからだ。

一週間で航太のエスコートに慣れてもらい、抵抗感がなくなったところでエスコート班の誰かと交替させることで話がついた。

責任重大だと思った。もし、航太が絵理沙の気分を害するようなことをすれば今後の契約はなくなるだろう。もちろんそれで会社の経営が傾くものではないが、烈の信頼を裏切るような事にはなりたくなかった。

話を終え、立ち上がったタイミングで家政婦が次の来客の到着を告げに来た。

「へえ、今から打ち合わせかい？　相変わらず忙しそうだな」

烈の言葉に浅川社長はそうなのよーと嬉しそうな顔をした。

『株式会社みどり』は凄腕マーケターを執行役員として迎えることになったそうだ。沈没寸前だった大企業を見事に再生させた手腕を買われ、あちこちの企業から引っ張りだこの人物、その世界では大変な有名人らしい。彼は自分がこれと思った会社にしか力を貸さないそうで、今回『みどり』に迎えることができたことをとても嬉しく思っていると浅川社長は言った。

「そうだ。獅子原君も会っていきなさいよ。また何かのご縁につながるかも知れないじゃない」という社長の提案で彼と挨拶をすることになった。

マーケターの名は石神順治《いしがみじゅんじ》。四十代後半だろうか。如才ないというのか、烈はもちろん航太にまで名刺を渡し、愛想笑いを忘れない。

「ああ、ボディガードの会社の人なんだね」

烈の渡した名刺を見て快活に笑う。日焼けした顔、不自然なまでに白い歯が目を引く。

「獅子原さんね。先日のパーティーの際にお見かけしましたよ。僕も招待を受けてましたから。いやあ、大盛況でしたよね。あれはいい考えでしたね社長。エンドユーザーの皆さんとの距離もぐっと縮まりました。彼女たちはきっといいサポーターになりますよ」とパーティーの主催者浅川社長に賛辞を送っていたかと思うと「そういえば今度、別会社の案件で海外に行くことになっていましてね。その際に護衛をお願いするかも知れません」などとこちらに向かって言う。

マーケターという職業の人に会うのは初めてだったが、航太が抱いたのは何だか微妙に服のサイズが合っていないという印象だった。彼が着ている服のことではない。浅川社長の遠慮ないつっこみに「これは参りましたね」などと調子良く頭を掻《か》いていても、その表情に何か隠しきれないぎらぎらしたものがちらつくような気がするのだ。

何となく小さな服の内側に無理やり何かを押し込めているような違和感があった。

烈は彼に対して特に関心はないようで、当たり障りのない対応に終始している。誰とでもあっという間に打ち解ける烈にしては珍しい反応だった。

「あの。絵理沙さんの件、私で大丈夫でしょうか。かえってエスコートに抵抗を感じられたりしないでしょうか」

帰り道、不安を口にする航太の肩をぽんと叩いて烈が笑う。

「大丈夫。君はいつもの君でいればいい。俺のお墨付きがあるんだ、自信持て」

これを言ったのが他の人間だったとしたら、どんだけ自己評価が高いんだよとつっこみを入れるところだが、烈が言うと納得しかない。実力はもちろん人間的にも信頼できる上司なのだ。

「ありがとうございます……って、うわ。えっ？　ちょっと獅子原さん」

頭を下げると、わしゃわしゃと頭をなでられてしまった。

「じゃあな、気をつけて帰れよ」

そう言って颯爽《さっそう》と長い足で去って行く。そんな烈の後ろ姿をくしゃくしゃになった頭で航太は見送っていた。

放課後のひとけのない廊下を走る。来客用のスリッパに足を取られ、走りにくいのがもどかしかった。

前日の九月一日はつつがなく過ぎた。始業式と新学期のガイダンスは午前中で終わりだったので、朝、学校前まで絵理沙を送り、校門をくぐるのを見届けた後、近くの本屋やカフェで時間を潰して、帰路も付き添った。

電車移動に一時間近くかかる道のりだが、朝夕は有料の座席指定車を使うため、混雑した車内で痴漢被害に遭う心配はない。特に危険もなさそうだったが、航太は彼女の隣の席に浅く腰かけて、一応周囲を警戒しているし、絵理沙は持参した本に集中していて、これといった会話もなかった。

翌日、つまり今日より通常授業が始まり、授業後のホームルームが終了する四時前に校門近くのコンビニで彼女を待つことになっていた。航太は門の前で待機するつもりだったが、校門前に男性が立っていては目立つから困ると言われた。昨日、航太と合流し歩く姿を見られ、クラスで噂《うわさ》になったらしい。

「彼氏でもないのに、彼氏とか言われても迷惑でしかないんで」

ぼそぼそとした声だが、結構厳しい口調で言われ航太は恐縮した。絵理沙が校門から出たら三メートルぐらい離れて後ろからついてくるよう言われてしまった。自分の気の利かなさを反省しつつ絵理沙を待つ。

ところが四時を過ぎても一向に彼女は現れなかった。クラスメートとおしゃべりをしていて遅くなることもあるかも知れないので少し様子を見る。このような場合どのタイミングで誰に連絡を取るのか、会社と依頼主である浅川社長との間で取り決められたルールがあった。

そのルールに従い、三十分を過ぎたところで航太は会社に状況を報告し、絵理沙のスマホに電話を入れた。

しかし、かからない。電源が入っていないか圏外だというのだ。さすがにこれはまずい。ユナイテッド4経由で浅川社長に連絡を入れ、社長から学校に話を通してもらった。手の空いた先生に校内の様子を見てもらったが、返ってきたのはどこにも姿がないという返事だった。

学校側の許可を得て校内に入る。クラス担任は若い女性で、校内放送で絵理沙を呼び出すと共に、絵理沙の所属する二年の教室やトイレも見てくれていた。

「お忙しいところを申し訳ありません」

「いえ、私どもも心配しておりますので。どこに行ったんでしょうね、浅川さん。さっき昇降口も見てみたんですけど、上履きのままで履き替えていないみたいです」

裏門から出た、あるいは航太の隙をついて帰ってしまった可能性もあるかと思っていたが、まだ校内に留まっていることになる。

校内見取り図のコピーをもらい渡り廊下で二手に分かれることになった。連絡用に電話番号を交換しているところで先生が航太に向き直り言った。

「浅川さんは二年になって編入してこられたんですが、本校の雰囲気になかなか馴染めないみたいで心配していたんです」

「そうなんですか？」

「それでも二学期に元気な顔を見せてくれたので安心していたんですけど……」

学校に馴染めない子が夏休みを境に不登校に陥ってしまうのも珍しくはないそうだ。

「本校はケア体制も手厚いですし、そんなことになる生徒は少ないんですけど、やはりゼロというわけにはいかないんですよね」

ホイッスルの音に続いて、溌剌《はつらつ》とした掛け声が聞こえる。広い中庭でチアリーディング部の練習が行われていた。中高一貫で文武両道、進学率の高さはもちろんスポーツ強豪校としても有名な私立女子校だ。さっきから何人かの生徒と行き合っているが部外者の航太にも明るい声で挨拶をしてくれる。

どこかの部活を見学している可能性はないかと先生に訊くと、浅川さんは誘ってもなかなか応じてくれないのでそれはないだろうという答えが返ってきた。

教室以外で生徒が行きそうな場所を見取り図で確認し、航太は四階から屋上へ向かうことにした。階段を駆け上がりながら、不安がせり上がってくるのを感じている。確かに今朝、浅川邸まで迎えに行った際の絵理沙は昨日以上に憂鬱そうだった。

航太の姿を見て、彼女は溜息を一つついた。のろのろとした動作で靴を履くと、見送りに来た家政婦さんから鞄を受けとり、諦めたような表情で「いってきます」と言ったのだ。

もしかすると絵理沙にとって、学校というのはあまり居心地のいい場所ではないのかも知れない。しかし、それなら一刻も早く帰ろうと思うのではないだろうか？　時刻はもう五時を回っている。何度も絵理沙の電話を鳴らしているが、一向につながらなかった。

不意にスマホが震え、絵理沙かと期待したが、走りながらディスプレイを見ると、浅川社長だ。

「絵理沙は？　あの子は見つかったの⁉」

いきなり怒鳴られた。

「現在、先生方と一緒に校内を探しています」

「ちょっとどういうこと？　あんたがついていながらなんでこんなことになるのよ。一体何をやってたの⁉　あの子にもしものことがあったらどうしてくれるの」

早口で捲《まく》し立《た》てるように叫ぶ浅川社長に「申し訳ありません」と言うのが精一杯だっ

た。航太は腹にぐっと力を入れ、冷静になろうと努め口を開く。

「あの浅川社長。一つお聞きしたいのですが」

「何っ⁉」

噛《か》み付《つ》くように言われ、一瞬怯《ひる》むが続けた。

「絵理沙さん、学校について何か言っておられませんでしたか？」

先ほど、担任の先生から一学期はあまりクラスに馴染めず、一人でぽつんとしていることが多かったと聞いている。先生や学級委員が皆の輪に入れるように働きかけたものの、あまりうまくいかなかったそうだ。

「いいえ、何も聞いてないわよ。ちょっとヘンなこと言わないで。不満なんかあるわけないでしょう。去年まで通っていた共学の中学が合わなくて、そこに替えたの。苦労して色々探したのよ？　通学に時間はかかるけど、そこならみんな明るくて学校側もきちんと目を光らせてくれるから、いじめに遭う心配もないし安心なはず。編入を受け入れてもらうためにどれだけ寄付金を積んだと思ってんの。これから警察にも連絡しますからね。ああ、もう。この忙しい時にどうしてこんな。だからエスコートを頼んだのに何やってんのよ。いい？　私は時間がないの。切るわよ」

そう言ってぶつりと通話が切れた。

もし絵理沙にとってここが苦痛だったとすると、放課後のこんな時間まで校内に残る理由があるのか？　まさか自殺？　不穏な考えが浮かび、ひやりとした。

慌てて打ち消すが、やはり不安だ。だって航太は絵理沙のことを何も知らない。彼女が何を考えているのか、どんな気持ちで通学しているのか分からないのだ。

そこまで考えてちょっとへこんだ。それじゃダメだったのか。ただ学校に送り届ければいいと思っていたけれど、もっと彼女の気持ちに寄り添うべきだったのかも知れない。

考え過ぎならそれでいい。とにかく絵理沙を見つけないと――。

再び走り出した航太の耳に校内放送のアナウンスが聞こえてきた。

「現在の時刻は午後五時三十分、あと三十分で部活動は終了です」

アナウンスのあと音楽が流れ始める。その曲を聞いた瞬間、それどころじゃないと分かっているはずなのに、心臓を鷲掴《わしづか》みにされたような気がした。

日本語の女性ボーカルだ。変わった声だ。あまり聞いたことがないタイプの珍しい音色。特別低音というわけでもないが、少しハスキーで不思議な揺らぎを含んでいる。

――飛べ、高い場所から。目の前にあるアイマイなもの全部蹴飛ばして、ぶち破れ、壁を――

歌と共に鮮やかな世界が展開していくような気がした。決して無理して歌いあげているという風ではないのに恐ろしく力強い。頭をがしっと摑まれ、激しく揺さぶられているような気分になる。鷲摑みにされたまま逃げられないのだ。

何だこれ、誰の歌？　一つの音ごとに奥の奥まで声の成分がぎっしり詰まっているみたいだ。恐らく並外れた声量があるのだろう。

――私の人生、これ限り。あんたの人生、それ限り。明日には終わってるかも知れないんだ。だから前へ、前へ進め、もがいても――

すごいなと思った。感情を揺さぶられ、いても立ってもいられない気持ちになる。

いや、何言ってんだよ俺と思った。今はまず絵理沙の安否だ。一刻も早く彼女を見つけ出さないと。自分に言い聞かせながら名も知らぬ女性シンガーの声に追い立てられるように走る。四階の図書室は既に利用時間が終わっていて真っ暗だった。入口脇の操作盤を見ると、セキュリティシステムが作動している。視聴覚教室、英語教室。どこも同様で絵理沙は見つからない。

もし、彼女が自殺でもしたらどうなる？

これは俺にとって任務の失敗になるのか？　ユナイテッド4や烈にどれほどの迷惑がかかるだろうと思った。

でも、こんなことが起こるなんて予想できなかった。エスコートは通学の安全を確保するものだ。学校内で起こったことは責任の範囲外なのではないか――。自己保身のような考えが次々に浮かぶ。

その瞬間、女性シンガーが「そんなことどうだっていいんだろ」と叫んだ。サビの部分にさしかかったのだ。

ガンと頭を殴られたような気がした。その通りだと思った。自分のことなんてどうでもいい。まずは絵理沙だ。慌てるな。どこだ、彼女はどこにいる？　焦る気持ちを落ち着かせ、迷路のような校内を走っている。

曲が変わった。今度の歌は「媚《こ》びるな」という一言から始まった。アップテンポのノリのいい曲だ。男の前で可愛《かわい》いふりをしてきた自分に決別するという内容だった。

――それが本当の自分じゃないこと自分が一番分かってるのに、なんでそれやる、私もあなたも。違う違う違う。私は私であなたはあなただ。誰の真似でもなくて、誰かの理想を演じることもないはずだよ――

歌詞は強いが、この曲の彼女はどこか肩の力が抜けており、少しコミカルにも聴こえる。落差がすごい。声が特徴的なので同じシンガーと分かるが、こうやって聴き比べなければ同一人物と気づかないかも知れない。

暑い。航太は四階の廊下にいるが、空調が切れたようで、一気に汗が噴き出してきた。

「絵理沙さん。いらっしゃいませんか？　久遠です」

廊下の窓越しに見る空が次第に光を失っていく。曲に負けじと張り上げた声が、リノリウムの床の上に虚《むな》しく落ちた。

後は屋上かと見取り図を見直す。屋上へ出る扉は施錠されており、生徒が勝手に出入りすることはできないらしい。それでも屋上へ向かう階段を見つけ、駆け上がる。

ここにも校内放送が流れていた。

曲が変わる。同じ女性の声だ。さっきとはうって変わって、囁きかけるような曲調だ。改めて思う。この人の声には深みというか厚みがあって、とても心地がいい。窓もない空間で、彼女の声に抱かれているような不思議な浮遊感を感じた。

上がったり下がったり複雑な音階だ。航太は音楽が得意ではなかったが、多分、楽譜に起こすと音符が乱高下しまくっていると思われた。これを歌いこなすのは相当難しそうだ。

内容もこれまでの曲とはずいぶん違う。

——何故いつもこんなに苦しいんだろう。何が苦しいのか分からないけど、とても苦しいよ。何かが足りないわけじゃない。満たされていても一人。どれだけ周りに友達がいても、一人だって思う。みんな楽しそうに笑ってるのに、私は心から笑えたことない——

メロディ自体はさほど陰鬱なものではない。短調かと思うと、長調に変わる。それでいて妙に心を揺さぶられた。

どうしてなのだろう。静かな声に心の一番奥に大切にしまいこんでいるもの、普段は意識から消してしまっているような何かを「そこにある」と突きつけられる気がする。

屋上へ向かう階段を上った先で防火扉が片方だけ閉まっていた。その陰を覗き込んで、航太は思わず声を上げた。

「絵理沙さ……ん。良かった。ここにいたんですね」

ずっと走り続けていたので息があがって、うまく言葉が出て来なかった。

窓のないこの場所は暗く、非常誘導灯の緑色の光の下、地べたに座り、抱えた膝の上に頭を乗せていた絵理沙が顔を上げた。

泣いているのかと思ったが彼女は驚いた風もない。

「この曲、終わるまで一緒に聞いてもらってもいいですか」

スマホを取り出し報告の電話を入れようとしてやめた。何となく今はそうしない方がいいような気がして、短いメッセージを送る。

はいと答えて隣に並んで座った。

「これ、いい曲でしょ？」

漂う音を指すようにして絵理沙が言う。

「初めて聞いたんですけど自分のこと言われてるのかなって。ちょっとびっくりしました」

スマホをしまいながら答えると、絵理沙は意外そうな顔をした。

「大人でもそんな風に感じるんですか？」

「……ですね」

「え、違うよね。久遠さん、すごくちゃんとしてるし、イケメンだし、友達も多そう。苦しいなんて思うわけないですよ」

絵理沙の言葉に先日出会った配達員を装った青年の言葉を思い出す。

友達？　そりゃいるにはいるけど、俺が死んだ時に彼らは泣いてくれるだろうか――。

「いや、何だろう。友達いても一人だなって思うこと、正直ありますし。苦しいなと思う時もないわけではないです」

「本当に？」

「おかしいですか？」

まあ、おかしいよなと航太は考えていた。

自分が絵理沙ぐらいの年の頃、大人はみんな完全無欠だと思っていた気がする。

いや、少し違うのかと考え直す。大人は無神経で鈍感でずるい。でも自分たちはまだ大人ではないから、何も分かっていないから、大人の言うことを聞かなければならないと思っていた。いや、思わされていたのだろうか。

あれ？　と思った。いつの話だこれ？

航太には中学二年の時の記憶がない。父が事故で死に、巻き込まれた航太は前後二年間の記憶を失ったのだ。

「香《きょう》は強いでしょ」

「キョウ？」

ぽつりと落ちた言葉の意味が分からず、聞き返す。

「え、香を知らない人っているんだ」

笑われてしまった。絵理沙の説明によると、先ほどから流れている曲を歌っているのは香という女性シンガー。メジャーデビューしてまだ一年足らずだが、SNSに投稿された動画をきっかけに大ブレークしたそうだ。

「香はおしゃれでダンスもすごくて、とにかくめちゃくちゃかっこいいんです」

力説する絵理沙に航太は少し驚く。どこか覇気がなくて暗い表情ばかりだった彼女がこんな風に目を輝かせるのは初めてだ。

「って、私、実はまだ香を観《み》たことなくて、噂でしか知らないんですけど」

絵理沙によれば、香というシンガーはマスコミの前に顔を出したことがないそうだ。SNSの動画に映るのはアバター。いわゆる覆面歌手らしい。

ただ、ライブでは当然、顔を隠していないので、そこに参加すれば生の香に会える。ところが彼女はこれまで数回しかライブを行っておらず、しかもあまり大きくないライブハウスばかりで、チケットがまったく取れないそうだ。これまで、ごくわずかな人間だけが香のパフォーマンスを見たことになる。

香のライブを観た人はそれだけで周囲の羨望を集めている。ライブを観た人たちは総じて香の情報を出し惜しみする傾向があり、おしゃれでダンスが大好き、そして生で聞く香の歌は本当にすごいという評判だけが出回っていて、余計にライブへの渇望を掻き立てるのだという。

「クラス中みんな夢中なんです、香に」

共通の話題があれば仲良くできるのではないかと航太は思ったが、絵理沙は首を振る。

「この学校の子って、みんな香と同じじゃないですか。明るくてきれいで強くて前向きで。私みたいな根暗な人間が香のファンだなんて言えないから」

気の利いた言葉が出てこない。何をどう言えば、絵理沙の胸に響くのか分からなかった。

先ほど会社に残っているそうびにチャットツールで報告を入れた。浅川社長や学校側へはそうびから連絡がなされるだろう。早く絵理沙を連れ帰ってあげたいと思う一方、今、彼女を促して戻っても何も解決しないような気がした。

「最後の曲が俺、あ、いや私は一番好きだと思いました。絵理沙さんはどうですか？」

その場しのぎにしかならないような質問に、絵理沙は少し考えているようだった。

「私も、あの曲が一番好き。なんか私みたいな人間でも、香のファンでいていいよって言ってもらえてるみたいな気がする。何でだろう、すごく不思議。あんなに歌がうまくて人気があって強くて、キラキラ輝いている香がこんな歌を歌ってくれるなんて」

香の歌はすべて彼女自身の作詞作曲によるものだそうだ。絵理沙はこの曲を聴く度、香に励まされているような気になるのだと言った。

「絵理沙さんのクラスメートも香さんのファンなんですよね。この曲ってみんな嫌いなのかな？」

航太の問いに絵理沙はとんでもないと言わんばかりに首を振る。

「ううん。人気投票でいつもこの曲、二位か三位だし、嫌われてるなら校内放送でかけないと思う」

「なんかさ、もし見当外れのこと言ってたらごめんね。でも俺、思うんだけど、確かにこの学校の人ってみんなキラキラして見えるけど、全員が全員、明るくて前向きってわけじゃないと思う。それこそ満たされてても一人だって思う時があるかも知れない」

「えーそんなわけないよ。あの人たちは私とは違うから。人種が違うの。光の下を歩いていく人たちと、暗いところでじめじめしてるだけの私だもん。みんなだってこんなヤツがいたら迷惑だから」

「それ、誰かに言われた？」

絵理沙は唇を噛んで首を振る。

「前の学校じゃ毎日言われてたけど、ここの人たちは誰も言わない。すごいよね。でも、絶対に心の中で思ってるよ。私なんかがいたら雰囲気悪くなるだけだし」

「人間ってそんなに単純じゃないと思う」

思った以上に強い口調になってしまい、自分でもびっくりした。絵理沙も驚いた様子だ。

「みんなが憧れてる香さんにだって、二面性があるのかも知れない。それも込みでみんな香さんのファンなんだよね。同じことじゃないかな。絶対にそんな毎日、明るくて楽しいだけの人なんかいないから」

絵理沙は納得がいかないようだ。

「じゃあうちのママはどうなるんですか？　あの人は私に自分みたいな明るい人間になって欲しいと思ってる。無理に決まってるじゃないですか。絶対に私はママみたいにはなれない。でも、ママはこの学校にいればあなたも変われるからって言うの」

「そんなわけはないよね……」

もちろん環境が人を作る部分はあるだろうけど、この学校にいることで絵理沙が社長のような性格に変わったら、その方が怖い。それこそ烈が言っていた宗教団体の洗脳みたいじゃないかと思ってしまった。

「多分だけど、お母さんは絵理沙さんに幸せに楽しく暮らして欲しいだけなんだと思う」

緑色のライトに照らされた絵理沙の顔に失望の色が浮かぶ。やっぱりこの人も自分のことなど理解できない、したり顔で説教してくる大人だと判定されたのかも知れない。

それは別に構わなかった。香の歌に対する反応が絵理沙と近かったため少しばかり心を開いてくれただけのこと。これから先ずっと絵理沙の心の支えとなって傍にいることなんてできっこないのだ。だったら伝えたいことを伝えておこうと思った。

「あなたとお母さんは別の人格だよ。あなたによかれと思ってお母さんが決めたことがあなたにとっていいことだとは限らない」

「う……ん」

複雑な表情で絵理沙が頷く。

「でも、それってあなたがお母さんに、これはイヤなんだって言わない限り伝わらないんじゃないかな」

「無理」絵理沙は投げやりに言った。

「ママは私の話なんか聞かないもん。絵理沙、あなたは分かってないのよ、黙りなさい絵理沙。ママの言うことを聞いていれば間違いないのよって」

「そっか……」

絵理沙は中学生だ。保護者に逆らい、家を飛び出すわけにもいかない。

「苦しいね」

思いがけず出てしまった航太の言葉に、絵理沙は俯《うつむ》いた。

「うん……。あの、今日はすみませんでした。久遠さんに迷惑かけるって分かってたのに、どうしても身体が動かなくて」

ぼそぼそと謝られ、ううんと首を振った。こんな時、ここにいるのが自分なんかじゃなくて烈ならすずっと気の利いた言葉が出てくるだろう。だけど航太の口は器用に回らない。

「ずっとここにいた？」

暗くて寂しかっただろうなと思いながら訊くと、絵理沙が頷いた。

「ここは誰も来ないから」

この場所は一学期に見つけたそうだ。

「昼休み、クラスの子たちがお昼一緒に食べましょうって誘ってくれるんだけど、私がいるとやっぱりみんな話に困ってるのが分かるから、ここで一人で食べてます。前の学校じゃこんなところで悪い男子とか、ギャルの子とかが溜《た》まってたから怖くて近寄れなかったけど、ここは誰も来ないし」

聞いている航太の胸が苦しくなった。

「なんか。明日からもこの先もずっとこんななんだって思ったら、永遠に終わりが来ないような気がしてしんどくて。家に帰ったらまた明日が来ちゃうから」

永遠に終わりが来ない……。絵理沙の言葉に航太の脳裏で何かが点滅した。自分はかつて絵理沙と同じことを思ったことがある。

いつだ？　何故？　思い出そうとすると頭が痛み、微《かす》かに吐き気がこみ上げてくる。ああ、やはり父の事件と関係しているのかと半ば諦めのような気持ちで考えた。失われた二年の記憶を無理にこじ開けようとすると、航太は決まってひどい頭痛やめまい、吐き気に見舞われる。呼吸困難を起こして失神したことさえあったのだ。

何があったのかは思い出せない。だが、その時に抱いた感情だけは消されずに残っている。今、それがはっきりと心の上に甦《よみがえ》った。

どうにもならない孤独。どこにも行けない諦めに似た気持ち。自分は永遠にここから逃れられないのだと知った時の絶望。

航太は動揺していた。かつての自分はそこまで追い詰められていたのかと驚いたのだ。

「消えてなくなりたい」

絵理沙の口からぽつりとこぼれた言葉に、はっとした。

「あの……あのね。俺も同じことを思ったことがあるんだ。けど、今こうして生きてる」

絵理沙がまじまじと航太の顔を見る。

「あの頃、俺も重くて澱《よど》んだ水の中に沈んでるみたいだと思ってた。外の世界は見えてるのに、そこから動けなくて苦しくて誰かに助けて欲しくて、でも助けなんか来なくて」

絵理沙の瞳に見る見る涙が溢《あふ》れていく。

「でもね、絵理沙さん。それは永遠に続くわけじゃない。俺を見て分かるでしょう？今の俺には助けてくれる仲間がいる。信じて下さい。必ず出口はあるから」

航太の頭にあったのはストーカー男に捕らえられ、コンテナの中で死を待つばかりだった自分を助けに来てくれた烈と一色の姿だ。

「本当に？」

「絶対にあるよ。それにね、きっと世界はあなたが思っているほど狭くない」

何とか絵理沙の気持ちを楽にできないかと航太は必死だった。

「こんなこと言っちゃいけないのかも知れないけど、もしあなたが本当にこの学校にいるのが苦しくて、息もできないって言うなら、やめてもいいと思う」

絵理沙が驚いたようにこちらを見る。

「逃げるのは悪いことじゃない。けどね、一つだけ。自分が扉を閉ざしてしまったらそこまでだと思う。それじゃ誰も本当のあなたの姿を見つけられない。だからね、時間がかかってもいいから、いつか大丈夫と思えた時に、少しでいい、扉を開けて外を見てみて欲しい」

自分は無責任な事を言っているのではないかと迷う。それでも彼女にはこの先に無限の世界があるのだ。自ら可能性を閉ざして欲しくなかった。ましてや追い詰められて死を選ぶなんてことは絶対にさせたくない。

「今の場所が苦しいんだったら、お母さんにあなたの本音を話してみたらどうかな。あなたのお母さんならきっと怒りながらも、また別の居場所を探してくれる気がする」

「ダメだよ、そんなの。ママは忙しいの。パパと離婚して、私を育てるためにすごい苦労して会社を作って、あそこまで大きくしたの。私はママの足手まといになりたくない」

「絵理沙……」

声の主は浅川社長だった。扉の向こう側に複数の人が忍び寄る気配を感じていた。それでも話を遮ることなく待っていてくれたのだ。先生方だと思っていたが、社長がそこにいて黙っていたのは意外だった。

「嘘っ。ママ、どうして？」

絵理沙は信じられないといった顔で目を見開いている。

「あんたが心配だから飛んで来たに決まってるじゃないの。もうバカな子。そんなに苦しいんならどうして言ってくれないの。足手まといなんてそんなわけないでしょう」

抱きしめられて絵理沙は声をあげて泣き出した。ハンカチで涙と鼻水を拭う社長は絵理沙の顔を見、愛《いと》おしげに髪を撫《な》でている。

「ごめんね、絵理沙。バカはママの方だよね。これからちゃんとあなたの話を聞くから。ママを許してくれる？」

もう自分の出る幕はない。さっきから気になっている会社への報告をしなければ、と階段を駆け下りたところで声をかけられ驚いて振り返る。

一色時宗だった。相変わらず一分の隙もないスーツ姿。髪を撫でつけ、細い銀縁の眼鏡をかけている。

立ち居振る舞い、そして言葉遣いの美しい彼はともすれば執事のようだ。烈とはまったくタイプの異なるイケメンなのだが、彼もまたモデルレベルのスタイルの良さだ。屋上へ向かう殺風景な階段下に立つ姿は異彩を放ち、主に女性の先生方がざわついている。

「え、一色さん。どうしてここに？　今日は非番だったはずじゃ」

「浦川班長から応援要請がございまして。ああ、大丈夫ですよ久遠君。社への報告は既に済ませておきました」

黙っていると酷薄そうな感じのする怜悧《れいり》な美貌の持ち主だ。その一色がふわっと微笑《ほほえ》むと、女性たちが息を呑《の》むのが聞こえた。これにももはや航太は慣れっこになっている。

「なんかすみません。お休みだったのに」

「いいんですよ。ユナイテッド４はチームですから。これは誰の仕事だからなどというのは関係ありません。私たちは決してあなたを一人にはしませんよ。久遠君」

まっすぐ目を見つめて言われ航太はいたたまれなくなった。もしかして、いやもしかしないでもさっきのを聞かれていたのだろうか。冷や汗が出そうだ。

「あ、えっと。絶対に職務を逸脱してますよね、あんなの。何言ってんだろ俺って自分で思いました。すみません。出過ぎた真似をしました。反省しています」

がばりと頭を下げる航太に、一色は眼鏡の奥の目を細め「おや、そうでしたか？」などと澄ました顔で言う。

「ですが私や獅子原班長ではどうしたところであんな風に彼女の気持ちに寄り添うことはできません。大丈夫。もしあなたが間違ったなら私たちが正しますから、あなたはあなたらしいやり方でやればよろしいんですよ。ともあれエスコート対象の方がご無事で何よりでございました。久遠君もお疲れさまでした」

「あ、ありがとうございます」

再び頭を下げる航太に一色は軽く手を上げ、スーツの裾を翻して去って行った。

一週間後、エスコート班の女性と交替し、航太は任を解かれた。結局絵理沙は今の学校でもう少し頑張ってみることにしたそうだ。

朝から本社に出勤するのは久しぶりだ。ユナイテッド4の社屋は木場《きば》公園の南西、運河と首都高に挟まれた辺りにある。

高い塀と豪奢《ごうしゃ》な門扉に護られた緑豊かな庭園に優雅な洋風建築。事情を知らなければ、大使館か博物館かと見紛《みまが》うだろう。どちらかというと下町イメージが強い地域に位置しながら、ここだけぽっかり時空がひずんでいるみたいで浮き世離れした感じのする建物だ。

二階にある道場兼トレーニングルームで汗を流し、就業開始に間に合うようにシャワーを浴びて五階のオフィスフロアに向かう。ＩＤカードをかざしてフロアに入ると、いち早く航太を見つけた烈が手を振った。

「おはよう、航太。いい朝だな。薄水色に輝く空、渡る風、行く夏を惜しみながら漂う秋の気配に人生について思いを馳《は》せる。天空の城跡で見た萩《はぎ》の花を思い出すなあ。つわものどもが夢のあと。俺は天下統一を果たした武将よりも名もなき一介の兵が眺めた景色に心を寄せたいのさ。さて、情報共有だ。こちらへ来てくれ」

「あ、はい」

いや、何それ？　と内心思うが、時間のある日は毎朝こんな感じなので、さすがにちょっと慣れてきた。一色に言わせると自己陶酔ポエムということになるが、烈にとっては最上級の歓迎を表す挨拶だそうだ。

烈は別にこれをあらかじめ考えているわけではなくて「何となく」「勝手に」口から出てくるままを語っているらしい。

それはそれですごいのではないかと思うが、こう見えて烈はかなりの読書好きらしいのでボキャブラリーが豊富なのだろう。

招き入れられたのは透明のパーティションで囲まれた社長室だ。

参加しているのは烈に一色、浦川そうびだ。

二週間に一度、各班が扱った事件を社長の間宮《まみや》に報告し、情報を共有するのだそうだ。

以前は大園班も一緒だったが、向こうの反対で別々になったらしい。

いわゆるヒヤリハット事例も報告されるため、エスコート班からは絵理沙の件も報告された。

「あと、余談だが例の『寿・清廉のつどい』の信者勧誘が活発化しているようだな。航太も誘われてたぜ？」

「何と。気をつけてくれ給《たま》えよ、久遠君。君の奪還を目指して連中とやり合うなんて事態にはなりたくない」

「はい、肝に銘じます」

社長の言葉に恐縮した。

「よしんば奪還に成功したとしても、果たして以前通りのその方に戻るかどうか分かりませんしね」

いつの間にか人数分の紅茶を用意していた一色が、優雅な手つきでソーサーつきのカップを配りながら恐ろしいことを言う。

「そうなんですか？」

「ええ。時限爆弾の欠片《かけら》でも埋め込まれたように、最初は小さな違和感に過ぎなかったものが時間と共に増していき、気がつくと教団に戻っていたなんてことがありました」

そうだったなと頷きながら烈が苦い顔をしている。もしかすると彼らが過去に扱った案件の話なのかも知れない。

ティーカップからふわっと良い香りがした。

「美しい色だな。香りも極上だ」

カップを少し揺らしながら社長が言う。

「恐れ入ります。本日は私が長年懇意にしている農園から届いたダージリン、セカンドフラッシュをご用意致しました。味も香りも一級品。是非ストレートでお召し上がり下さい」

そう言って美しい動作で頭を下げる一色は水もの魔術師と呼ばれている。というか、烈が勝手にそう呼んでいるだけだが、お茶やコーヒー、果てはカルピスまで絶妙の濃度で仕上げる達人だ。

茶道家元に連なる家の出だそうで、もちろんお茶のお点前《てまえ》もすごい、はずだ。はずだというのは航太にはそもそもお点前のなんたるかがよく分かっていなかったからである。

ユナイテッド4の顧客には、要人はもちろん、上流階級ややんごとない方々もおられるため、新人研修カリキュラムにマナー講習も含まれており、茶道の時間もあった。

当然講師は一色で、航太は特別授業として彼の実家の邸宅に招かれ、庭にある茶室でお茶を教わった。着物に袴《はかま》姿《すがた》の一色のお点前は流麗なものだったが、正直、航太は緊張しすぎてお茶の味さえよく分からなかった。

こうやってミーティングの際には一色が色んなお茶を振る舞ってくれる。社長が紅茶党のため、社長を交えると紅茶が出てくることが多い。航太が詳しいはずもなかったが、今日の紅茶は少し果実のような香りのする琥珀《こはく》色だ。とてつもなく優雅な気分になる。

ふと、大画面モニターに映し出されている英語が気になった。どうやら海外の通信社が配信しているウェブニュースの記事らしい。

「ああ、それか。群馬県の山中から即身仏が発見されたんだ」

「は？」思わず烈の顔を見直す。

「即身仏ってあれですか？　昔の高僧が、えーと何て言ったっけ。土中入定《どちゅうにゅうじょう》だったかな。土の中で生きながら仏になるやつ？」

航太の趣味は博物館や美術館巡りだ。もちろん即身仏そのものを見たことはなかったが、どこかで読んだ記憶があった。

「へえ、物知りだな君。いかにもそれだが、今回発見されたのはそんな昔のものじゃあない。もちろんミイラ化もしていない、せいぜいが死後数ヶ月の腐乱死体だ。そりゃそうだろう。本物の高僧が即身仏になるためには厳しい断食は元より、最後には漆の樹液を飲んで内から防腐処置を施したっていうぜ？　対する遺体の主は高僧でも何でもなくて、タチの悪いブラック企業の社長だときたもんだ。行方をくらました当日までパワハラ三昧だったたってんだから、とてもじゃないがそんな覚悟を持っていたとは思えない」

うわあと思った。どう考えたって殺人事件だろう。山中に生き埋めにされていたのを烈が勝手に即身仏と形容したのかと思ったが、よく見るとニュースの見出しにも「現代の即身仏か」と書かれていた。英語記事なので即身仏の部分は日本語の読みをローマ字表記の斜体にし、欄外に詳しい説明が載せられている。

「どうして即身仏なんですか？　ってか、なんで外国の記事。あ、国内の話ではないとか？　って、いや、群馬県か」

これが本当ならばワイドショーや週刊誌などが飛びつきそうだと思うのだが、そんなニュースは聞いたことがなかった。

「まずは状況さ。土に浸食されないように昔の高僧は土中に埋めた石棺に入定したって話だが今回その男は金属製のカゴに入っていた。さらに空気口と大量の飲料水。生き埋めにして殺すのとは一線を画しているだろ。そしてもう一つ、実は掘り出している最中に、隣から別の遺体が発見されてな。そちらは十年前に行方不明になった女性のものと判明した」

「えっ？」

「当初、この事件が発覚したのは警察に匿名のタレコミがあったからだ」

烈と交替する形で説明を始めたのは間宮社長だ。彼は大園班の班員同様、警察ＯＢだそうで、独自の情報網を持っている。低い声で一言一言噛みしめるように話す人物だ。座っていても伝わってくる威厳があった。

社長の説明によれば、タレコミはブラック企業の社長である猿橋《さるはし》からメールを受け取ったという人物から寄せられたものだ。

いわく、自分は今までの罪を悔い改めて即身仏となるつもりだ。隣を掘ってもらえば、以前に自分が殺して埋めた女性が眠っている。どうか彼女の遺体を掘り出して手厚く葬って欲しいという内容に、位置情報が添付されていたそうだ。

「このメールが届いたのは今から三日前。四月の終わりに突然猿橋が姿を消し、警察では事件性を疑って調べていたが、何の手がかりもないままでね。本当に人一人、ふいと蒸発したようだったんだ。そのメールは猿橋のパソコンから送信されており、当然その時には本人は死んでいたことになる。パソコンには猿橋の失踪直後に予約機能を使った形跡があったそうだが、それを行ったのが本人かどうかは分からない」

「そんなわけで半信半疑のままに位置情報通りの場所を掘ってみると、仏さんが出てきたってわけさ」

烈の言葉に首を傾げる。

「自殺ってことですか？　ん？　いや、一人じゃ無理なのか」

「その通りだ。自分で穴を掘ってそこに飛び込むことはできても、上から土を被《かぶ》せることはできないからな。よしんば彼がループ・ゴールドバーグ・マシンの発明家だったとしても、それなら何らかの仕掛けが残るだろうさ。その痕跡もなかった。そうだよな、社長」

「ループ・ゴールドバーグ・マシン……」

Eテレの番組でよく見るカラクリ装置のことらしかった。

「ご本人が望んで埋まったのか、誰かに埋められたのか分かりませんが、第三者の関与は確実でしょうね。その方の遺体はステンレス製の巨大なカゴの中で見つかったそうですが、頑丈な鉛製のぶ厚い蓋がされていたとか。一人で持ち上げられる重量ではないうえ構造上内側から閉めるのは不可能だそうですよ」

一色が言う。猿橋が即身仏になる手助けをした者がいるのか。あるいはそう見せかけて殺害したということか？

にしても、外国の通信社から配信された記事を見ているのも不思議だ。航太の疑問に答えるように口を開いたのはそうびだ。

「国内での報道が遅れているのは、各社が報道を見合わせたせいだ。あまりおおっぴらには報道できない理由があるんだろう」

「えっ。そんなことってあるんですか?」

スーツ姿のそうびはソファに腰かけ、ティーカップを手にしていた。目を伏せているだけでぞくっとするような美しさだ。溜息が出る。そうびはいうまでもなく、烈に一色、社長に至るまで、紅茶を飲んでいるだけで恐ろしく絵になる人たちだった。

「あるかないかで言えば、あるな。しかし、外国の通信社には横並びの報道協定が及ばず、すっぱ抜かれる形になってしまった。そろそろこの記事に気づいた善良な市民たちが騒ぎ出す頃だろう。情報が拡散しきる前に、国内の報道各社も慌てて追随するはずだ」

確かに誘拐事件などでは犯人を刺激したり、情報を与えないように報道協定を結ぶ、という話を読んだことがあるが、今回の事件に何か伏せておくべき事情があるとも思えなかった。

「何故、報道を規制する必要が?」

航太の問いにそうびがふっと笑った。

「そのうち、お前さんも知ることになるだろう」

え、何なのそれ？　と思った。

社長室から出て首を傾げながら皆の後ろを歩いている。消化不良だ。恐らく航太だけが話を飲み込めておらず、他の皆は理解している。一体何のことなのか教えて欲しかったが、航太にはまだ早いということなのだろうか。

オフィスフロアの一角に応接室がある。部屋の入口には使用中の表示が出ており、ちょうど顔見知りの元海上保安官がお茶を運んでいくところだった。お茶といってもコーヒーサーバーからホルダーつきの紙コップに淹《い》れたものだ。

彼はやあ、と言い、一色に軽く会釈をしてコーヒーを零《こぼ》しそうになっている。一色の手伝いで紅茶ポットなどの載った盆を持っていた航太は思わず一色を顧みてしまった。

「何ですか久遠君？　私が皆さんにお茶を淹れているのはあくまでも趣味です。他班のためにお茶を淹れるつもりはありませんよ」

「そ、そうなんですね……。いつもおいしいお茶をありがとうございます」

そう言うと、一色はちょっと驚いたような顔をしたが、すぐに微笑んだ。

「そこでお礼が言えるのはいいことですね。あなたの美質ですよ」と言われて、えっ？と思った。そんなつもりはなかったのだが、普通は言わないのだろうか。なるべく周囲から浮かないように気をつけているが、時々こんな風に少し変わった反応をしてしまう。

気をつけないとと思うが、そもそも何が原因でこうなっているのか分からないので困るのだ。

次の予定まで少し時間があった。

この会社には立派な庭園がある。天気もいいので散歩がてら植物の様子を見ようと思った。先日より社長の許可を得て、植物の世話をしている老婦人の手伝いを始めたのだ。老婦人の名は一子《いちこ》さんといい、御年七十を超えている。庶務の仕事を長く務めながらエスコート班で子供の送り迎えをしている、この会社の生き字引みたいな人だ。航太は空いた時間があると、彼女の手伝いをしながら植物のことを色々教わるのを楽しみにしていた。

正面入口のすぐ脇に小さな薔薇園《ばらえん》がある。一子さんの姿は見えないが教わった通りに薔薇の健康状態を見ていく。と、大園班の数人の声が聞こえた。先ほど応接室にいた客人が送り出されてきた様子だ。

客人たちは若手の男性が来客用の駐車スペースから車を回してくるのを待ちながらエントランスを散策しているようで、会話が聞こえてきた。

彼らは中南米に出かける予定があり、その際の警護を依頼に来たという話だ。大園班には海外専門の警護チームがある。航太は会ったことがないが班長の大園は主にこのチームを率いており、ほとんど国内にいないらしい。

精鋭揃《ぞろ》いの大園班の中でもこのチームには元傭兵《ようへい》や外務省出身の海外情勢の元分析官などが所属しており、外国籍の人間もいる。先日、社内で出会い頭に来栖《くるす》よりも大きな外国人にぶつかりそうになって、「ははっ。気をつけな、キュートなお嬢ちゃん」みたいなことを英語で言われて、はあ？　と思ったのだ。

以前、魚崎と共に参加した現場で、航太は通り魔に襲われたホームレスの老女を助けようとして、自身が危険にさらされたことがある。その時は来栖に救われたが強く叱責され、警護員失格だとまで言われてしまった。

大園班エースの来栖という男は、金を払っている依頼人の命を護るのが自分たちの仕事だと言い切ったのだ。

もちろんその通りなのは分かっているが、では、その隣で殺されそうになっている人を見殺しにしてもいいのか？

航太にはどうしてもそう思えなかった。

だが、警護員は組織で動くものだ。指揮官である来栖の指示に従わなかった航太に非があるのも間違いない。頭では分かっているが、どうにも納得できないものがあった。

現在は一応、獅子原班に仮配属という形になっているが研修期間中は遊撃というポジションだ。状況に応じて他班の応援をする。ただし、来栖の不興を買ったために、航太は大園班からは出入り禁止をくらっていた。

航太が希望するなら大園班に入れるようにすると烈は言ってくれているが、本当にそうなるのか。それ以前に、自分は本当に大園班に行きたいのだろうか？　段々分からなくなって、日々自問自答しているところだ。

「とりあえずこれで来月の出張も安心だね。あちらはとにかく治安が良くない」

「本当にそうですよね。僕はともかく、長沢《ながさわ》社長はかけがえのない方ですから。何としても護ってもらいませんと」

あれ？　と思った。客人二人の会話に、聞いたことがある声が交じっていて、ちらりと目をやる。向こうから航太がいるのは見えているはずだ。ただ航太は庭仕事をする際には必ずかぶりなさいと一子さんから言われているつばの大きな麦わら帽子をかぶっているし、首には汗を拭うためのタオルをかけている。当然上着もネクタイも着用していないので造園業者に見えているのかも知れない。

一人は六十がらみの重役タイプ。話し方にも態度にも貫禄《かんろく》がある。話し相手はと見ると、やはり先日、浅川社長宅で出会ったマーケター石神だ。挨拶すべきかと思い、「本日はありがとうございました」と立ち上がって丁寧に頭を下げたが見向きもされなかった。

長沢社長と呼ばれた男が笑って言う。

「謙遜しなさんな。かけがえがない存在といえば石神さんだろう。辣腕《らつわん》マーケター、各企業が喉から手が出るほど欲しがってるっていうじゃないか。そういう我が社も三顧の礼であなたを迎えさせていただいたわけだし」

「いやいや、当社はもうそんな、僕の方が経営に参画させていただけるだけでもったいないというものですよ」何となく調子がいい。

「そういえば、今度みどりとかいう下品な女社長の所に行くそうだね。驚いたよ、あなたの食指が動くような会社じゃないだろうに」

「だからこそですよ。いえね、ここだけの話、あの会社の内情はひどいもんでね。社長も我が強いばかりの素人ですよ。経営のイロハも知らないおばさんが勢いだけでよくもあそこまでやってきたものだと感心してますがね。やはり経営者たるにはそれだけの資質のある人間でないと。おばさんの井戸端会議みたいなあの会社のやり方にはヘドが出る。僕が入ったからにはちゃんと思い知らせてやるつもりです。経営ってのは選ばれた男がやるものだとね。ここだけの話、実はもうしかるべき担い手も見つけてありましてね」

「おぉ、怖い怖い」

　二人の男が笑いながら車に乗り込んで去って行く。無性に腹が立った。別に浅川社長のことは好きでも嫌いでもないが、事業拡大を考え、信頼して迎えたはずの執行役員がこんな心づもりでいるなんて裏切りにも程がある。まして彼らからすればここはよその会社の敷地内のはずだ。誰が聞いているかも分からないのに、こんなにも堂々とコケにするなんてあんまりだ。あんな人が辣腕マーケター？　冗談じゃないと航太は思った。

でも、どうする？　このことを浅川社長に報告するのか？　いや、それはできない。

「何とも腹立たしいですわね」

「一子さん」

不意に聞こえてきた声にしゃがんでいた航太は慌てて立ち上がり頭を下げた。

「今の時代にあんな風に女性を下に見て、会社を統べることなどできるのかしら」

愛らしい顔で首を傾げる一子さんに気持ちを代弁された気がして、航太は頷く。

「久遠さん、今のことを浅川社長に教えて差し上げたいと思って？」

「あーどうなんでしょう。気持ちとしてはそう思わないでもないですけど」

「一個人としてはわたくしもそう思いましてよ。でもいけません。理由はお分かりよね？」

「はい。守秘義務がありますから」

要人警護の性質上、警護中に色んな話を見聞きする機会がある。会社の重要機密から要人のプライベートまで様々だ。警護されるのに慣れている人にとって警護員は空気のようなものらしく、傍に警護員がいても平気で機密事項を口にするし、赤裸々な振る舞いをする。

逆にいえば、それだけユナイテッド4の警護員が信頼されているということだ。

なので守秘義務は何を置いても絶対に遵守しなければいけないものだと、教育係の浦川そうびによって最初に叩き込まれていた。

「よろしいですわ。あなたの正義感はとても好ましいものだけど、この仕事は時にそれとは相反する行動をせざるを得ないことがあります。こんなことを強いるのは心苦しいのだけれど、何より優先しなければいけないものよ。どうかそれを心に留めておいて下さい」

「はい」

彼女の物腰はとても上品なのに不思議な重みがあり、我知らず背筋が伸びる気がする。

一子さんはいつもの柔らかい笑顔に変わり、薔薇の剪定《せんてい》について教えてくれた。

即身仏の事件はその後しばらくマスコミを騒がせたが、結局猿橋の自殺だということであいまいなまま決着した。疑問は残るが、別の事件の陰に隠れていつの間にか報じられなくなっている。

「そういえば、なんで報道規制がされていたんですか？」

烈と共に現場に向かう途中、今更ながらの航太の疑問に烈が、にやりと笑った。

「そりゃあれだ。忖度《そんたく》ってヤツだぜ」

「忖度？　誰に対してのですか？」

次の言葉を待つが、烈はビルとビルの隙間、昔ながらの喫茶店の角に置かれたプランターから伸びる萎《しお》れかけのひまわりを見て、「おっ」と声を上げた。

「カナディアンロッキーの麓の街で見た九月のひまわりを思い出すなあ。昨晩までは鮮やかな色彩に生命力の横溢《おういつ》を誇っていたのに、翌朝には積もった雪の白に覆われ、凍えていた。眼前に拡《ひろ》がる山脈、峻厳《しゅんげん》な大自然の中、人間の営みの何と儚《はかな》く、健気《けなげ》なことか」

例のごとくポエムを語りながらひまわりの花弁に手を伸ばし頰を寄せる。少女めいた美しい顔にひまわり。恐ろしく絵になるのがちょっと腹立たしい。

「獅子原さん、それ説明する気ないですよね」

航太の抗議におかしそうに烈が笑う。

「すまんすまん、今はな。だが、そのうち君にも分かるだろう」

そう言うと、もう歩き出している。

またかと思った。誰が誰に忖度をしているのか。航太は考えを巡らせながら烈の後を追った。

2

ユナイテッド4の中で獅子原班はイロモノ担当という位置づけだ。航太が知るだけでも、ペットの犬が殺人鬼に狙われているから警護して欲しいとか、幽霊による魂の攻撃から護って欲しいとか。なんて？　と聞き返したくなるような依頼が多い。

「また、えらい変わった依頼が来たらしいで」

おどけたように言うのはカエル王子こと奈良陽大《ならひなた》だ。奈良は航太に格闘技や護身術などを指導してくれている先輩だ。カエルの由来はトレーニングの際、彼が高校時代の鮮やかな緑色の名入りジャージを愛用していることによる。奈良は二十七歳だそうだが、とても若く見えるのでジャージを着ていると本当に高校生のようだ。王子の名はそのルックスから。烈や一色に比べれば目立たないものの、よく見ると奈良も相当なイケメンだ。

彼のスーツ姿はアメリカントラッドが基調でカジュアル傾向が強いが、爽やかでどこかノーブルなルックスが現代風の王子様のように映るのだ。

ただし喋ってみると中身はお笑い好きのサイコパスだった。サイコパスというのは本人の弁なのだが、航太より彼をよく知るはずの烈も一色もそうびも、果ては社長さえも異論を唱えない。航太にとっては優しく面倒見のいい先輩なので冗談だろうと思っていたが、時々ぎょっとするような発言を真顔でするので本当かも知れないと思い始めたところだ。

四階でエレベーターを降り、IDカードをかざすと、磨《す》りガラスの自動扉が開く。四階には資料室と装備品を保管する部屋、一番奥に会議室があった。各階にミーティングルームや会議室と名のつく部屋があるが、四階の会議室は大きな木の机を囲む形で、座り心地抜群のゲームチェアがずらりと並んでいる。

十人は座れる部屋だが、集まったのは班長の烈と一色、応援の浦川そうび、航太と奈良の五人だ。

机の隅にコーヒーサイフォンが置かれており、部屋中にいい香りが漂っている。もちろん部屋の備品ではない。持ち込んできたのは一色だ。アルコールランプで温められたフラスコの湯がコーヒー豆の粉を入れた上部のガラス容器に向かって吸い上げられていく。

ユナイテッド4に来てから、コーヒーは何度もご馳走《ちそう》になっているが、こうやって一色がサイフォンで淹れる姿を間近に見ることはあまりないのでつい見とれてしまう。

しんとした部屋の中、空調の音と熱せられこぽこぽと弾《はじ》ける水が細い管の中を吸い上げられていく音が聞こえる。上部のガラス容器に上がってきた湯に押し上げられて、コーヒー粉がぶわりと膨らむ。一色が目を伏せ、手にしたへらで湯とコーヒー粉を丁寧に掻き混ぜている。撫でつけた前髪がぱらりと落ちて、額にかかった。こんな時でも一色は姿勢を崩さない。きちんとしたスーツ姿で背筋をぴんと伸ばし、サイフォンを扱う姿は美しい執事のようだ。

アルコールランプを外すと抽出済みのコーヒーが下のフラスコに向かって流れ落ちる。ふと我に返ったように、正面の大型モニターの前に陣取る烈が口を開いた。

「今回のチーム編成はこの五名だ」

ぐるりと指を回して示され、好き勝手な場所に座っている皆が軽く会釈をする。

座り方にも各々の性格が出ていた。烈はゆったりと腰かけ長い足を組んでいる。上着は隣の椅子の背もたれに造作なく置き、気怠《けだる》そうにネクタイを緩める。それだけの仕草なのに男の目から見ても恐ろしく色気があった。

そうびは今日は現場に出ていたらしく、ちゃんとした格好をしていた。後ろできりりとまとめた髪、ブラウスの胸から覗く小ぶりのネックレス。彼女は腕まくりをしており、華奢にも思える手首にはごつい黒のダイバーズウオッチがはまっている。そうびは椅子に浅く腰かけ、背筋をぴんと伸ばしていた。たとえ三年寝太郎の寝起きのような姿の時でさえ、彼女はとても姿勢がいいのだ。

対して、航太の隣に座ったカエル王子は椅子の上で膝を抱え、体育座りをしていた。

といっても椅子の上に足を乗せるような不作法な真似を一色が許すはずもなく、靴を履いた足先は宙に浮いている。もしかすると腹筋の鍛錬をしているのかも知れなかった。

「では今回の概要を発表するとしようか。先に言っておくが、少々風変わりな任務でな」

烈の言葉に「おっ」と奈良が足を下ろし、好奇心丸出しの顔で身を乗り出した。

「風変わりでない任務の方が珍しい獅子原班で、班長がわざわざそう言いはるとはよっぽどですやん」

烈が笑う。

「ああ、なかなか難易度が高そうだぜ。俺も経験がない」

「ややこしい事件の総元締めみたいな班長に経験がないとは……」

奈良がしかつめらしい顔を作り言う。

「ははっ。期待値が上がるってもんだろ？」

ことりと小さな音がして、烈の前にコーヒーカップが置かれた。銀の盆を持った一色だ。どこまでも優雅な所作で配り終えた彼が着席するのを待って烈が口を開く。

「いいかい諸君？　今回、俺たちが護るのは対象者の『声』だ」

「声？」奈良と二人でハモってしまった。

「そらまたピンポイントやな。もしかして昭和の時代のカセットテープに録音された思い出の声を修復せえとかそんな感じですか？」

「それはそれで楽しそうだが違うぜ。警護対象は生きてる人間だ」

「はあ、生きてる人間の？　声だけ？　ほしたら本体の方は護らんでもええんかな。やってほら、仮に手足の二、三本切り落としても生きてる限り声は出ますやん」

「奈良君、サイコパス発言は慎みなさい。そのような餌を撒《ま》いては班長が飛びついて脱線なさいます」

ぴしりと遮ったのは一色だ。ヒエッ、すんませんと奈良が首を竦めた。

「おいおい、君なあ。俺を何だと思ってるんだよ」という烈の抗議に構わず、手にしたノートパソコンを操作しながら一色が続ける。

「手足の二、三本を落とすまでもなく、小さなケガでも痛みがあれば万全の声は出せないでしょう。今回の依頼は常にベストの状態で声が出せるよう、警護対象の身辺を含め警護するというものです。手足はもちろん、身体のどこにも傷をつけさせてはなりません」

なんだかんだで奈良の発言にきちんと答えを返す辺り一色も律儀な人だなと思う。

「さらにいえば、その方がお風邪を召して声が出なくなったとしてもそれは我々の失点ということになります」

え、そこまで？　と驚く航太を代弁するようにそうびが眉を寄せた。

「風邪なんざ自己管理の問題じゃないのか。それを我々がどうこうするのは警護の本質からかけ離れているように思うが」

「ああ」と頷いたのは烈だ。

「俺もそう思うが、今回の依頼には特殊な背景があってな。どうやらこの警護、依頼主側が仕掛けた宣伝の一環らしいんだ」

宣伝？　どういうことだと首を傾げる。

「さっき資料室の御手洗《みたらい》さんに聞いたんだが、昭和の時代には、自慢の胸や脚線美に多額の保険金をかけた芸能人が話題になったそうだ。そいつと同じ発想。つまりは声に警護をつけることで注目を集める腹なんだろう」

後半、烈はコーヒーにミルクを入れながら喋っていた。なるほどなあと懸命にメモを取りつつ、航太もコーヒーに手を伸ばす。よく知らないが声優や歌手の世界ではそういうこともあるのだろう。

航太のコーヒーの飲み方は定まっていない。その時の気分でミルクや砂糖を入れることもあったが、今日はブラックにした。一口飲んで思わず「うまっ」と呟《つぶや》き、天井の照明を浴びて美しく輝く褐色の液体を見直した。サーバーでつくる自宅や会社のコーヒーとは味も香りもまったくの別物だ。

「恐れ入ります」

一色が冗談めかして言い、少し笑った。

「なっ。さすがは水もの魔術師だよなあ」

こちらに向かって身を乗り出す烈に「その呼称はご辞退申し上げたはずですが」とぴしりと返し、「では班長、お続け下さい」と促す。悪びれた様子もなく、ん、と烈が続ける。

「実際のところ、風邪を引いて声が出なくなったからといって警護の失敗にはならんだろうが、この依頼を引き受けたU４に対する同業他社の風当たりが強くてな。宣伝に利用されるとは警護会社としていかがなものか、というわけだ。やっかみ半分、侮蔑半分ってところか。小さなミスでも針小棒大に吹聴《ふいちょう》してくれるだろう。無論、言いたいヤツには言わせておけばいいが、良きにつけ悪しきにつけ耳目を集めることは間違いないんでな。できればそこも含めて護り抜きたい」

そういうことかと思った。世間の注目を集める警護で何かミスがあれば、たちまちユナイテッド４への評価に直結する。普通に暮らしている一般市民とはあまり接点がないだけに、ここで初めて警護、つまりボディガードという仕事の存在を実感する人も多いだろう。マイナスイメージが先行するようなことになってはまずいのだ。実際この依頼を受けるにあたり他社からのプレッシャーのみならず、身内のはずの大園班から絶対に失敗するな、ユナイテッド４の恥をさらすなと警告が来ているらしかった。

オファーがあった当初、営業はおそるおそる大園班に打診したらしい。だが、そんなわけの分からん依頼は獅子原にやらせろと言われ、こちらへ回ってきたものだそうだ。

「そんなん言うんやったら今からでもおっちゃんらが自分でやったらええですやん」

航太が考えていたのと同じことを奈良が言う。

「まあ、そう言うな。連中、警護対象者の影響力を知らなかったのさ」

要人は我らが護るという矜持《きょうじ》を持つのが大園班だ。

「そんなに有名な人なんですか？」

「詳細は皆さんの端末にお送りしています」

一色に言われ、タブレットに目を落とした航太はえっと思った。そこにあったのは「香」という文字だったからだ。

「警護対象は香《きょう》さんなんですか？」

「ほらな」と訳知り顔で頷き、烈が一色とそうびを見る。

「二十代前半は知ってたぞ」

「久遠、その香とやらは若者界隈《かいわい》ではそんなに流行《はや》ってるのか？」とそうびに訊かれ、航太は首を傾げた。

「い、いや、俺も知らなかったんですけど、この前のエスコート任務の時に浅川社長の娘さんから教えてもらったんです」

机を叩いて立ち上がったのは奈良だ。

「アカン。それが違うんやて」

「お、どうしたどうした」

烈がコーヒーを飲みながら興味津々といった様子で奈良を見上げている。

「ええです？　香はそんな若者や子供のためだけにおるんやないんです。露出が少ない分、SNSから火がついて、確かに今は若年層中心の人気やけども、お子様レベルのもんやと侮らんでいただきたい。香は真のアーティストや。疲れた大人の心にもすうーっと染みる歌声の持ち主なんです。班長に一色はん、浦川班長も。何ぼーっとしてますねん。ほら、早《はよ》う、心開いて香の世界に飛び込むんや」

あの一見、人当たりはいいが、その実何事にも無関心なサイコパス関西人の心を摑むとは本当にすごいんだなと、烈とそうびがわけの分からない感心の仕方をしている。

「せやけどそれで分かりましたわ。声を護るって何を寝ぼけたこと言うとんねんと思うたけど、香なら分かる。最高レベルの警護をつけるに相応《ふさわ》しいやん。いや、むしろなんで今までなかったんやろ。そっちが不思議や。何しろ香の声は国宝レベルやねんから」

こほん、と烈が芝居がかった調子で咳払《せきばら》いをした。

「君の話はよく分かった。その上でもう一点、これは機密事項なのでここだけの話にとどめて欲しいんだが、来年春から配信がスタートするアメリカ発の超人気サスペンスドラマ『ムエルテ』の新シーズン、そのエンディングテーマに香の曲が使われることが決まったそうだ。日本だけじゃないぜ？　世界同時配信で彼女の歌声が流れることになる」

「なっ……んやて⁉」と奈良が椅子ごと後ろへひっくり返った。が、さすがは体術指導担当の警護員らしく、そのまま一回転して着地している。ガシャンと派手な音がして椅子が机にぶつかったが、その瞬間、事態を予測した全員がカップを持ち上げておりコーヒーが零れることはなかった。さすがにみんな反射神経がすごいなと航太はやや遅れがちだった自分の反応をちょっと情けなく感じる。みなに追いつくのはまだまだ先のことのようだ。

ちなみに奈良はコーヒーを半分飲んでおり、かろうじて零れずに済んでいた。

「おっわ、あぶね。セーフ、セーフ」とカップを誇示したものの、一色にじろりと睨《にら》まれ、しおしおと頭を下げている。

奈良がお行儀よく座る横で烈が続けた。

「うちへの依頼は来たるべき日に向けての下地作りも兼ねているわけさ」

「兼ねているというのは他にも警護をつけなければならない理由があるということか？」

そうびの問いに烈と一色が頷く。

「その通りだ。この香という歌手だが」

「アーティストや」

「ＯＫ、そのアーティストだが、覆面歌手として活動してるそうだ。その資料にも写真がないだろ？　熾烈《しれつ》なチケット戦争を勝ち抜きライブに参加できた一部の幸運なファンを除いて誰も顔を知らない。奈良を見れば分かるがそのファンたちもみな、何だな、そう、志が高くてな。誰もその素顔を漏らそうとしない。声の情報とダンスが素晴らしかった、感動した程度の感想しか出回らない」

確かに絵理沙がそんなことを言っていた。

「そうとなりゃ一体どんな人物なのか素顔を見てみたいと思うのが人情だ。知名度が上がれば上がるほどその素顔をすっぱ抜いてやろうと動くヤカラが増えるというわけさ」

「つまり声の警護というのは表向きで、その実パパラッチ連中から護るということか」

「そういうことだな」

奈良が拳を握っている。

「許せんっ、神聖な香の素顔を商売にしようなんて絶対に許せへん」

怒りに震える奈良の肩を立ち上がった烈が軽く叩いて言う。

「ま、そんなわけで、雑音は色々あるだろうがその戦略とやらに俺たちがいちいち頓着する必要はない。いつも通りで構わない。俺たちは護れと言われたものを護るだけだ」

各自が応と答え、解散となった。

「香の警護、香の声を護る……」

奈良はそう呟きながら放心状態で顔を覆い、カップやサイフォンを片付けている一色に「お客様、本日は閉店でございますが」と追い出されていた。

その後、奈良は今回の警護チームから外れることになった。別に冷静さを保てそうにないから外されたとかではなく、本人から申し出たそうだ。いわく「考えに考えたんやけど、やっぱり自分には畏れ多くて、香のお傍には寄ることができません」ということらしい。

香の素顔はもちろん、プライベートな姿まで垣間見る《かいまみる》可能性のある仕事だ。それを見て、万が一にも幻滅するようなことにはなりたくなかったようだ。

「四人で回せるか？　うちから何人か引っ張るか」と言うそうびに、烈は首を振る。

「ありがたいが、多分大丈夫だと思うぜ。二十四時間ぶっ通しでの警護要請があるわけではないんでな。空きの日も結構あるようだし、あとは航太が頑張ってくれれば十分さ」

「え、あ、はい。頑張ります」

いつまでも研修中の新人だからと甘えているわけにはいかない。一人前とはいかなくともせめてマイナスの員数にはならないようにしなければと気を引き締める。

任務内容を聞いた感じでは二十四時間体制の警護が必要ではないかと思ったが、烈の言う通り、今回、警護に就くのは音楽関係の現場へ向かう日のみと決まっているそうだ。行き帰りの道中と現場での警戒が主になる。

「いいかい。明日の君は就活生だ」

夕方、社内で通りすがりに突然宣言され、ぽかんとする航太に烈は愉快そうだった。香の行動は基本シークレットのため、ビルの界隈にあまり仰々しい姿の警護員が立っているのもまずいので、就活生を装うことになったのだ。

「就活……ですか」

複雑な気持ちで呟く。

「そうだぜ。カフェで時間を潰そうという頭も回らないほど緊張してる初々しいタイプの学生な。間違っても一色みたいなふてぶてしい存在感は出さないでくれよ。まあ、君はあんなタイプじゃないが」

「誰がふてぶてしいのでございますか？」

気配を消して背後に立っていた一色に言われ、振り返った烈は「おっと」と肩を竦めた。

「新卒採用面接で老舗《しにせ》デパートに行かれた際、控え室を清掃なさっていた清掃員のご老体にわざわざ話しかけに行かれ、何故か意気投合して盛り上がり、面接で再会したところで、なんだ君が社長だったのかい？　などと喜んで話の続きを始め、これほどの大物は見たことがないと重役たちの顔色を失わせたあなたの話でしたでしょうか？」

デパート？　何それ本当に？　と思ったのだが「いいじゃないか。結果的に採用されたんだから」などと言い合いながら二人でどこかへ行ってしまったので真偽は不明だ。

というわけで警護初日、航太がいるのはラジオ局の裏口が見渡せる場所、片側一車線の車道と遊歩道を挟んだ反対側だった。

ラジオ局の建物は裏口が大きく開いており、地下駐車場に直結する構造だ。芸能人は大抵ここから車で出入りするらしい。

今回、香がここへ来たのは人気深夜番組の収録のためだ。サプライズゲストとして登場することになっている。何となくマスメディアには一切出ないのかと思っていたが、ラジオには結構出演しているようだ。来年の四月からは冠番組を始めることも決まっていると聞いて、またしても奈良が悶絶《もんぜつ》していた。

ただし現在のところ生放送の出演はＮＧだ。何しろそこに香がいることが電波に乗って広まってしまうのだ。出演後の香を一目見ようとする人々が集まって収拾がつかなくなる恐れがある。そんなわけで事前に収録したものをオンエアするらしい。

香とマネージャーは、既に烈が運転するユナイテッド４の車でラジオ局の中に入っていた。車には一色が同乗しており、降車後は烈と一色の二名を配置し、安全を確保する手はずだ。本日は彼らと航太の三名体制だ。

警護対象者が女性の場合、もっとも近い場所にはそうびが立つことが多いが、香の場合どこへ行くのも女性マネージャーがぴったり隣に張りついており、その必要がないと言われている。マネージャーがどうしても同行できない場合のみそうびが配置される予定だ。

航太は向かいに立つビルを見上げた。八階建ての瀟洒《しょうしゃ》な建物だ。ビル内は空調が効いていて涼しそうだなと思うが仕方がない。

航太に与えられたポジションはラジオ局の外周。不審な人物や車がないか見張る役割だ。それにしても暑い。時刻は午後二時を回ったところ。九月も中旬というのに真夏のような日ざしが遠慮なく降り注いでくる。基本通りスーツを着用しているので暑さ倍増だった。

香を乗せた車がラジオ局に入る四十分前から航太はここにいる。もっとも就活生を装うといっても特別な用意をしたわけではない。就活の時に使っていた鞄を今も通勤に使っているのでそのまま肩から斜めがけし、スマホを手にして、時間を潰しているように見せているだけだ。

緊張に関しては何の問題もなかった。装うまでもなく本当に緊張しているからだ。一応注意すべき点などは昨日烈に教えてもらっているし、このような任務に就くのも初めてではない。ただ、一人でポジションを担当するのは初めてだ。その辺に潜んでいるパパラッチを自分が見過ごしたことで香が危険にさらされては大変なので気が抜けなかった。

香がこの放送局の番組にゲスト出演することは公にされていないし、当然収録日時も秘密だ。それでもこの仕事に絶対はない。どこからか情報が漏れることだってあり得る。警護員たる者、常に最悪のケースを想定しておかなければならないと教えられていた。

航太はガードレールに腰かけて、スマホと腕時計を交互に見ては、ラジオ局の建物や周囲に目を配り、内心ではラジオ局に面接に来たアルバイト志望ぐらいには見えるだろうかなどと考えている。

あ、まただ――。

ここへ来て、もう一時間は経《た》っている。さりげなく周囲の人物を観察しているが、今のところ特に怪しい人物はいない。斜め向かいにある公園のベンチで弁当を食べているサラリーマンや車を停《と》めて昼寝をしている工事関係者風の男性たちは勝手に疑って申し訳ないと思いながらも一応、気をつけて見ていた。

問題は、これでもう何回目になるのか分からないこの人物の登場だ。

ああっ、もう――。我慢できなくなってガードレールから立ち上がり、声をかけた。

「あの、大丈夫ですか？　何かお困りですか」

びっくりしたように顔を上げたのは老婦人だ。元々小柄な上に腰と背中が曲がっていて航太の身長の半分ぐらいしかない。服装にも違和感があった。この暑い日に長袖のセーター、足もとは裸足《はだし》、左右不揃いの運動靴だ。

先ほどからこの女性が航太の目の前を何往復もしているのに気づいていた。任務中だ。気を散らしてはいけないと分かってはいるが、どうにも気になって仕方がなかった。

彼女は目を泳がせ、もう一度航太の顔を見上げると、恐る恐るといった様子で口を開く。

「私はどこへ帰ればいいんでしょうか」

ああ、やっぱりそうかと思った。前の警備会社でショッピングモールの巡回をしていた際、一度認知症の老人と出会ったことがあった。その時と雰囲気がよく似ていたのだ。

それにしても困ったなと思う。自分はこの場所から離れることができない。

「ここへは歩いてこられたんですか？　お家《うち》の方はご一緒ではなかったですか」

膝を曲げ屈《かが》み込《こ》むようにして目線を合わせ訊くが、困ったように首を傾げるばかりだ。

「もしお家の電話番号がお分かりでしたら、俺が電話をかけますけど……携帯とか何かお持ちではないですか？」

やはり答えが返ってこない。何か手がかりになるものはないかと色々質問を変えながら、スマホで近くの交番を検索してみるが、今いる場所から三百メートルも離れていた。

一一〇番することも考えたが、間もなく収録を終えた香が出てくる予定の時刻だ。入口に警察官がいては注目を惹いてしまうだろう。それはまずい。だからといっていつまでもこの女性を放置しておくわけにもいかなかった。困りながら公園脇の自動販売機でお茶を買い、飲ませようとしたところで声をかけられた。

「お兄さん、優しいな」

ちょっと高めのハスキーボイスに振り返るとスレンダーな少年が立っていた。

「あ？　え？」

少年といっても高校生ぐらい、あるいはもう卒業しているのだろうか。何とも不思議な透明感がある。

話しかけるだけ話しかけておいて、当人は空を見上げガムを噛んでいた。髪は短い。ベリーショートというのだろうか。ふわっと毛先がカールした髪の色はグレーというか銀色みたいだ。耳にはピアスが沢山ついている。だぼっとしたカーゴパンツに白のこれまたオーバーサイズのパーカー。何気ない服装なのに妙におしゃれだった。身長は航太よりかなり低いが、きっとモデルとかダンサーとかなのだろう。あまりそういった人たちと交流がないのでよく分からないが、何かしら気が向いて通りすがりに話しかけてきたに違いなかった。

「お名前を聞かせていただけますか」

こくこくとお茶を飲んでいる老婦人に聞くが、困ったように首を傾げるばかりだ。

香が出てくる時刻が近づいてきている。周囲を見回し、つい焦って時計を見てしまう。

「お兄さん、就活中？　これから面接？」

そっけない口調で訊かれ、そちらを見ると彼はガムを膨らませているところだった。甘いブルーベリーの匂いがする。

「まあそんなところです」

「じゃあそっち行きなよ。僕がこのおばあちゃん交番まで連れてってやるからさ」

「え、いいんですか？」

「いいよ別に」

助かりますと頭を下げる航太に少年は手をひらひらさせてから老婦人の手を取った。

「んじゃ、おばあちゃん行こうか」

「どこに行くの？」

「んー？　交番。お巡りさんにおばあちゃんのお家探してもらおうな」

怯《おび》えたような老婦人に少年はマイペースを崩さず、それでいて少しだけ優しい言い方をして彼女の歩幅に合わせて歩き始める。

二人が角を曲がるのを見送ったところでスマホのバイブが振動した。一色からだ。

異状がない旨を報告すると、間もなく駐車場から車が出てきて、航太の前を通り過ぎる。

運転席には烈、後部座席には香とマネージャーの姿があった。香は長い髪を隠すように目深にキャップをかぶり、マスクをつけてシートに深く凭《もた》れている。

ほっとして、持ち場を離れた。

このまま地下鉄で会社に戻る予定だったが、少し遠回りをして交番を覗いてみる。老婦人が座り警察官が聞き取りをしているのが見え安堵《あんど》したが、少年の姿はないようだ。老婦人を託して立ち去ったのだろう。ちょっと変わってたけどいい子だったなと思いながら、ハンカチを取り出して額に浮かぶ汗を拭った。

香の警護がスタートして一週間。その間、航太は何度か香と会っているが、一度も肉声を聞いたことがなかった。それどころか顔もほとんど見ていない。彼女はいつも人目を憚《はばか》るようにキャップをかぶりマスクをして俯いているし、車中や待ち時間などには目をつぶっていることも多く、スタッフの誰かが話しかけたとしても答えるのは隣にいるマネージャーの女性なのだ。あの力強い歌声の持ち主がこんなにも物静かであることに驚く。

マネージャーの名は小川可也子《おがわかやこ》。恐らく五十代だと思われるが、何というか年齢不詳だ。シャープに切り揃えたおかっぱの髪にパンキッシュなメイク。いつも派手な幾何学模様の個性的な洋服を着ている。マネージャーというよりはデザイナーとか言われた方がしっくりくるようだ。この人の存在感が強すぎて、ますます香の影が薄くなってしまう。一瞬、実はこちらが本物の香なのではないかと考えたほどだ。

現在、香は来週行われるライブのためのリハーサルにかかりきりだ。ほとんど毎日、スタジオと事務所の往復で終わる。

これについては少し不思議な気がしていた。事務所から自宅への移動には警護をつけなくていいのだろうかと思ったのだ。

リハーサルが行われているのは海沿いの倉庫街にあるスタジオだ。倉庫のような建物内にいくつかスタジオがある。今回、香が使っているのはもっとも広いリハーサル用のスタジオだ。百畳ほどの広さがあり、本番さながらのリハーサルができるそうだ。もっともスタジオ入口のぶ厚い二重扉から先への立入りが許されているのは烈と一色だけ。航太は基本、外周の配置なのでほとんど建物の外にいる。

二度ほどスタジオの前まで入ったことがあるが、その際に垣間見たのは、強いエネルギーを感じさせるマネージャーと、待合用の椅子に所在なげに座る香の姿だった。

香はあまり生気がないというのか、実体が薄いみたいだ。ちょっとマネキンのようにも思えた。ほとんど動かない香とは違い、可也子は忙しそうに周囲を見回しスタッフに頭を下げているか、話をしている。

「あの人はマネージャーであり、香のプロデューサーでもあるそうだ」

十一時過ぎ。彼女たちを送り届けた後、海の方を見て眩《まぶ》しそうに目を細めて烈が言う。

「全然別の仕事のような気がしますけど」

よくは知らないが、プロデューサーというのは何となく偉そうに机でふん反り返っているイメージだ。対するマネージャーはタレントのスケジュールを管理したり、身の回りの世話を焼く仕事のように考えていた。

「だよな。俺も驚いたが、路上で歌っていた香を見出《みいだ》してあそこまで売り出したのはすべて彼女の手腕だそうだ」

香を売り出すための戦略を立てているのも可也子だという。

「じゃあ、今回のU４への依頼も？」

「もちろんさ」

ということは、香の顔を出させないのも戦略の一つなのかも知れない、なんて考えた。

あれ？　と思って足を止める。海に沿ってぐるりと建つ波よけ壁の上に誰かが腰かけているのが見えた。俯いて動かない姿にちょっと心配になり、烈の許可を得て近づいてみる。

様子を見て何事もなさそうならそのまま通り過ぎるつもりだった。キャップをかぶった少年だ。ふさぎこんでいるように見えたが近づいてみるとどうやら熱心に海を覗き込んでいるだけのようだ。安堵し、さりげなく後ろを通り過ぎようとしたところで彼が顔を上げて振り向いたので、ばっちり目が合ってしまった。

「あれ？　この前のお兄さん」

びっくりした。耳に沢山のピアス。先日の銀髪ベリーショートの少年だ。だぼだぼしたパーカーとボトムに、よく見ると今日もガムを噛んでいる。確かに先日のラジオ局からさほど遠くない場所だ。ゆりかもめに乗れば十分もかからない。それにしてもすごい偶然だった。ともあれお礼を言う機会があってよかったなと航太は単純に喜んでいた。

「この前はありがとう。助かりました」

「別にいいよ。面接どうだった？」

そっけない感じで訊かれ、言葉に窮する。

「えーと。あ、まあ、おかげさまで……」

嘘を重ねるのが心苦しくて歯切れの悪い返答になってしまった。

「今日も面接？」

少年が航太のスーツを見ながら訊く。

「あー。まあ……」

まさか本当のことを言うわけにもいかない。困ったなと思う航太をよそに少年は海側に下ろしていた足を上げ、波よけ壁の上にあぐらを組んで座り込むような姿勢になった。

「優しさって、どこから来るんだろうな」

唐突な言葉に、は？　となる。

「だってお兄さん、優しいじゃないか。この前のおばあちゃんもだし、今だって僕が海に落ちるんじゃないかって心配して見に来たわけだし」

どうやら読まれていたらしい。くらげが浮き上がってくるのが面白いんだと海面を示され、航太は恥ずかしくなった。

「特別優しいってこともないと思うんですけど」

「いいや。優しくされるってことは、僕もあのおばあちゃんみたいに何か足りてない、かわいそうな人に見えたってことだろ。まあ、ある意味当たってるんだけど」

ひとり言のような少年の言葉に、気を悪くさせてしまったのかと思った。

「いや別に、かわいそうな人だと思ったわけじゃないんですが」と言いながら航太自身首を傾げている。あの老婦人にしたってかわいそうだと思ったわけではないのだ。ただ、航太自身が相手を放っておけないだけだ。

「もし気分でも悪かったら大変だなと思っただけで。気に障ったならごめんなさい」

潔く頭を下げる航太に少年は驚いた様子で身を引いた。

「へ？　いや、こっちこそ何かごめん。別に君を責めるつもりで言ったんじゃなかったんだけど……ってか、素直な人だな」

少年は照れたように横を向いてしまう。その顔が赤くなっているのを見て、君の方が素直なんじゃ？　と思ったが言わずにおいた。

喜んで会話に入ってきそうな烈はと見るといない。ヤバい。

「あ、じゃあ、俺も行くんで。海に落ちないように気をつけて下さい」

「落ちない」

走り出し、烈を探す航太の後ろ姿を目で追いながら少年がガムをぷうっと膨らませた。

「あなた、ユナイテッド４の人？」

不意にスタジオ入口で声をかけられ面食らった。可也子だ。今日は一色がライブ会場の下見に行っており、烈とそうびが香の身辺に付き添っている。そうびは香の着替えに同行しており、烈はユナイテッド４の車を駐車場へ回すために不在だ。

そうですと頭を下げると、可也子がずいずいと値踏みするような目で迫って来る。

「あの、何か？」

「今、香は浦川さんが見てくれてるから安心でしょ。ちょっと付き合ってくれる？」

「は、はい……」

一体何を言われるのだろうとどきどきしながら、廊下の隅にある喫煙ブースに連れて行かれた。他に人はいない。

本日は香のリハーサルスタッフだけでもかなりの人数がいる。バンドメンバー、コーラスやダンサーに音響や照明からセットを組む担当者まで、だだっ広いスタジオの中には多くの人員がいるのだ。この業界は喫煙率が高いと聞いた。実はスタジオの中が喫煙可能とされていると知って納得した。

「タバコ、君もどお？」

「ありがとうございます。ですが私は吸いませんので、小川様どうぞ」

カチリとライターの音がして、ふーっと煙を吐き出した可也子が口を開いた。

「私が初めて香に出会ったのはあの子が路上で一人でギターを持って歌ってた時」

頷く航太に、可也子は壁に沿って立ち上る煙の行き先を眺めるようにして続ける。

「昔は私もシンガーだった。時代に合わなくて全然売れなかったけど。言いたいことは香と同じ。曲だってそんなに悪くなかったはず。だけどアタシらの時代って、女の子は可愛いもの、小難しいことなんて言わないものとされてたから。そこからはみ出すと生《い》き辛《づら》いだけじゃなくて損ばかりする。それでも自説を曲げないで来た。ま、異端だよ」

早くに生まれすぎたな、と可也子は笑う。

「最初に出会った時の香は怒ってた。あの子は多分、世の中と、そこにうまく収まらない自分に苛立《いらだ》ってた。内側の怒りを吐き出すようにして歌ってた。ほとばしり出るって感じでね。これはとんでもないと呆れた」

「そうなんですね……」

彼女は濃い化粧に縁取られた目を細めた。

「あの子の声はすごいから、最初はみんな足を止めるんだ。だけど聴いてる方が苦しくなるような歌ばかりで、しまいには誰もいなくなって、それでもあの子は一人で歌ってた」

意外だった。絵理沙を探して校内を走りながら聴いた曲のイメージとは随分違う。

「人間はさ、年を取るのも悪くないと思えることがいくつかある。その一つがうまくやれるようになったこと」

「うまく、ですか」

「そう。人間関係をうまくやるとか、正攻法ではダメだと思えば搦《から》め手《て》を考えるとか、そういう知恵が身についてくる」

この人が香を売り出すための戦略すべてを考えているんだったなと考える。

「私は随分損もしたけど、世の中を外側から見る目は養われた。その時に考えた、もし自分が今この知恵を持って二十歳に戻れたらきっと時代を席巻《せっけん》するようなシンガーになれるだろうなって。だけど、そんなことできるはずもない。時代を間違えた人間はそのまま消えていくしかないと諦めながら悔しかった」

可也子はダークな色の口紅で彩られた唇を尖《とが》らせ、細く煙を吐く。

「そんな時に香と出会った。あの子は以前の私と同じだ。周囲とぶつかって、ささくれ立って、損ばかりしてる。だからあの子に賭けてみることにした。私の持ってるすべてをあの子に注いで、二人で世界を手に入れようと思った。あの子にはそれだけの価値がある」

今、自分はすごい話を聞いているのではないかと思った。もし奈良がここにいたらどんな反応をするだろうか。奈良だけではない。香のファンなら誰だって感動するだろう。

「香さんの歌っている曲はどなたが作ってらっしゃるんですか？」

遠慮しながら訊いた。奈良に言われたからというわけではないが今回の任務に就くことが決まってから、航太は改めて香の曲をダウンロードして聴いている。

何度聴いても飽きない。最初のインパクトはもちろんすごいものだったが、それが少しも色褪《いろあ》せず聴く度に新たな魅力が見つかるのだ。

そのようなことを言うと、可也子は頷いた。

「曲を作ってるのは香自身。私の歌を歌わせるつもりはない。ただ、不器用なあの子の曲をそのまま出したんじゃ、お客の腰が引けてしまう。だから人を拒絶し殴りつけるような部分を刈り込んで、安心できるパッケージにして届ける必要がある」

航太に曲作りのやり方が分かるはずもなかったが、才能をより分かりやすい形で見せるという意味なのだろうかと考えてみる。

「香さんが覆面歌手として活動されているのは何故ですか？」

航太はすぐに後悔した。可也子の表情が曇ったからだ。訊いてはいけないことだったかと危惧したが、可也子は黒いマニキュアの爪で首の後ろをぼりぼり掻いて溜息をついた。

「あれは香の希望。あの子はシャイなのか何なのか、大勢の観客の前に顔を晒《さら》したくないって言うもんだから」

路上で歌っている時から、香はフードを深くかぶって顔を隠していたそうだ。

「君は見たことないかな。ライブの香はそれは綺麗《きれい》だ。あの目力があってこそ曲の説得力も増す。私はもっとメディアの前で素顔を晒して欲しいんだけど、本人がＯＫしなくてね」

これは意外だった。何となく覆面で活動するのも戦略で、たとえば海外デビューと同時にマスメディアに登場するようなサプライズを仕掛けるのではないかと思っていたのだ。

「私と香は共に道を切り拓《ひら》いていく戦友だけど、友達じゃない。あの子はあんまり自分の話をしなくてね。私はあの子の本当の顔を知らない。ある線から先にはシャッターでも下ろされたみたいで踏み込めない」

自嘲気味に言う可也子に航太は戸惑う。

「へえ、あの敏腕マネージャーから直々にそんな話を聞いたのか」

ユナイテッド4の社屋に戻ったところで羨ましそうに烈が言った。可也子が愚痴をこぼすことはまずなく、それどころか内部事情を一切漏らさないことで有名なのだそうだ。

「君は選ばれし民というわけだ」

「は……」

「獅子原。ちょっといいか」

「お。何だい？」

いや、なんで俺？　と思ったが、烈は大園班の誰かに呼ばれて行ってしまった。

理由が分かったのは翌日だ。

リハーサルが終了しスタジオを出たのは午後六時半。その後、事務所まで香を送り届けるいつものルーティンだ。今日も航太は外周のはずだったが、一色と交替するよう言われて、烈の運転する車の助手席に座っている。

後部座席には可也子と、いつもの通りキャップとマスクで顔を隠した香。

烈が運転しながら冒険家の叔父から聞いたというアマゾン奥地の自然や原住民との交流の話をして可也子たちを沸かせていた。さすがは烈だ。巧みな話術で相手の気持ちを掴んで離さない。

ちょっと意外だったのは香だ。相変わらず言葉を発することはなかったが、烈の話を受けて笑う声が弱々しいというか、あの強烈なボーカルとまったく一致しないのだ。

随分イメージが違うなと思ったが、可也子だって香の内面に踏み込むことができないと言っていたくらいだ。勝手なイメージを抱いてどうこう言うのは失礼だったと反省した。

香の所属事務所は大手レコード会社の子会社という位置づけだ。親会社でプロデューサーをしていた可也子が独立する形で起こしたもの。事務所は青山《あおやま》にあるマンションの一室。可也子の住居でもある。

このマンションは警備員のチェックを受けないと敷地内に入ることもできないし、エレベーターはカードキーが示す目的の階にしか停止しない。厳重なセキュリティが好まれ、他にも芸能人が何人か住んでいるそうだ。

地下駐車場の指定の場所に車が停まる。

運ぶ荷物があったり、人数が多い場合などには大型バンを使うこともあったが、今日の使用車は国産の最高級セダンだ。烈がサイドブレーキを引くより早く航太は車外に走り出て、研修で教えられた通りに周囲を見回し、異状がないことを確認した上で後部座席のドアを開けた。身体を斜めにして立ち、ドア上部に手をかけ彼女たちが頭を打たないように注意しながら降車を手伝う。

この現場に限らず烈や一色が同じことをしているのを何度も見ているが、あの二人は恐ろしくスマートで格好いい。航太では絶対にああはならないが、見た目が問題なのではないと自分に言い聞かせる。格好良さを追求する余裕なんて一ミリもなかった。とにかく与えられた役割を果たそうと航太は必死だ。

奥に座っていた香が降りる際、小さな声で「ありがとうございます」と言うのが聞こえた。えっ？　と驚き、嬉しくなると同時に、その声に微《かす》かな違和感を覚えている。

どこか頼りない、ふわっとした声だ。

「さあ、参りましょうか」

その間に周囲の確認を終えていた烈が先に立ち、彼女たちをエスコートするようにして歩調を合わせて歩いていく。航太は後ろから全体を俯瞰《ふかん》できるよう視界を広げると同時に、背後の気配にも神経を尖らせて進む。

もし今、後ろから暴漢が現れたら、自分の身体で彼女たちを隠すようにして止めなければならない。そう思うと誰かが後ろからこちらを見ているのではないか、今にも飛びかかってくるのではないかと、背中がぴりぴりするような緊張を感じた。

最後にエレベーターに乗り込み、姿勢を正し前を向いて立つ。

最上階にあたる八階でエレベーターが停止すると先に出て、左右の安全を確認してそのまま進む。この任務開始の前日、下見のために一度来たことがある。確かエレベーターホールを出て左だったよなと、懸命に思い返し緊張しながら歩く。見覚えのある事務所の扉の前にたどり着いた時には心底ほっとした。

でも、まだ気は抜けない。可也子がカードキーをかざして玄関ドアを開ける間、烈と左右に分かれて立つ。扉が先に開く右側に烈がいて、まず内部を確認することになる。航太は彼女たちの背後を護るような態勢だ。

大理石貼りの広い玄関に香と可也子が入るのを見届けて帰るのだろうと思っていたが、「さあ、どうぞ」と招かれ面食らった。

「小川様から久遠に話があるそうだ」

烈の言葉に驚くが、彼も同席してくれるという。振り返り自分の靴を並べていると端に寄せられた靴が目に入った。可也子の鋲《びょう》が沢山ついた個性的な靴、香の履いていたブランドのスニーカー、そしてもう一足、華奢なデザインの薄ピンク色のバレエシューズがある。バレエシューズといってもバレエの時に履くものではなくて、外履き用のものだ。

この靴に少し違和感を覚えた。可也子も香も好みそうなものではないからだ。事務所なので他にもスタッフがいるのかも知れないが、今は無人のはずだ。

いち早く自分の靴を並べ終えた烈が俊敏な動作で立ち上がり、彼女たちに先行して歩き出しているのを見て、航太も慌てて立ち上がり後を追う。本来、警護対象を家やホテルまで送り届ける際には内部の確認までする決まりだ。留守の間に何者かが侵入していないとも限らないからだ。ただ、今回は事務所内の確認は不要だということでそれに従っている。今日は折角自分たちがいるから、と烈は彼女たちに断ったうえで先に立っていた。

扉の閉まった部屋をいくつか通り過ぎてリビングへ向かう。

「あの、私もう着替えてもいいでしょうか？」

その途中で恐る恐るといった感じで香が口を開く。可也子の承諾を得ると、香は頭を下げて廊下の途中にある部屋に入っていった。

ん？　と思う。可也子の言う香との関係性とはずいぶんイメージが違う。

「どうぞ入って」

通されたのはめちゃくちゃ広いリビングだった。ローテーブルを中心に壁に沿う形で配置されたソファは十人ぐらいは座れそうだし、そこからずいぶん離れたところにテーブルセットがあって、天井からはシャンデリアが下がっている。その奥にキッチンがあった。言われるままソファに腰かけ、落ち着かなさにもぞもぞしていると可也子がカウンターに置いたサーバーでコーヒーを淹れてくれた。

「社長。じゃあ、私はこれで失礼しますね」

「うん、お疲れ」

　可也子が立ち上がる。リビング入口から顔を覗かせている人物を見て、えっ？　と思った。肩につく長さの髪をハーフアップにし地味なベージュのブラウスに茶色のタイトスカートを合わせ、薄いメイクにどこかおどおどした物腰。どこにでもいそうなOLといった印象の女性だ。

「どなたです？」

　思わず声をひそめて烈に訊く。

「ここの経理の杉山《すぎやま》さんだ」

　烈はそう言って、澄ました顔でコーヒーを飲んでいる。

「はあ、経理の……」

　なるほど玄関のバレエシューズは彼女のものだったのかと納得したが、マンション内には誰もいないと可也子が言っていたのは勘違いだったのだろうか？

　可也子のスマホが鳴り、「あ、ごめん、一瞬いいかな」とこちらに断る。

「杉山さん。お相手しといて。それと彼の誤解、解いて帰って」

　可也子に言われ、おっふと奇妙な声を上げながら杉山さんが戻ってきて頭を下げる。

「あの、今日は、その、お疲れさまでした。あ、私、杉山亜希《あき》と申しまして……えーとその、この会社で経理を担当しております」

「はい……あれ？　もしかしてさっきの？」

何となく自信なさそうなふわっとした声。先ほど、地下駐車場で聞いた香の肉声と同じではないかと思った。

「そうです。実はあれ、私でして……」

両手の指をもじもじと合わせながら申し訳なさそうに言う。先ほどまでの香は黒のスキニーにロックバンドのTシャツを着て、その上にモスグリーンの変形ジャケットを羽織っていた。髪はブリーチしたピンクアッシュのストレートロング、白のキャップにブランドのスニーカーといういでたちだ。あれは表向きで、普段は地味な姿で経理をしているということなのか？　香が経理？　杉山は「あ、ちがっ、違うんです」と慌てている。

彼女は可也子の遠縁だそうだ。経理を手伝ってくれと言われて了承したものの「恐ろしいことに社長の目当ては私の身長と体型だったのです」と言う。

「はあ、身長と体型……」と返してしまった。

もそもそと語る杉山の話を聞いて、航太はようやく理解した。

「もしかして杉山さんは香さんの替え玉をされているということですか？」

「そっ、そうなんです。その通りです」

素顔を晒すことを極力避けようとする香のために、行き帰りは彼女が香を装う。こちらに注意を惹きつけておいて、本物の香から目を逸らすためだ。現場に到着後、杉山は折を見て本物の香と入れ替わる。ラジオ収録などではそのまま身を潜めておき、リハーサルのように時間が長い場合は一旦、普段着に着替えて事務所に戻って経理の仕事をし、終わる頃にまた現場に戻る生活をしているそうだ。

「それは大変ですね……」

杉山はきゅっと両肩をすぼめた。

「い、いえ、滅相もない。それ自体は構わないんです。元々、弊社は香さんのためにある会社ですし、私のような者でお役に立てるならばっ、と思ったのですが……」

ユナイテッド4の警護がつくようになってからの状況はオーバーキルだと彼女は嘆くのだ。独特の言い回しが新鮮だった。

「だって、だって、三十路《みそじ》を過ぎた私みたいな凡人が皆さんのようなきらきらしたイケメンのボディガードにエスコートされるなんて、そんなこと一生に一度だって起こるはずなかったんです。本当に畏れ多いというか。私には三次元のイケメンは刺激が強すぎまして。こんなのが凡人の見る景色であっていいわけないじゃないですか」

そう言って、ああっと顔を覆っている。

「面白い人だろ杉山さん」

愉快そうな烈に思わず頷いてしまった。

「じゃあ獅子原さんは知ってたんですね」

「まあな」

烈が少しだけすまなそうに肩を竦める。

別に自分だけ知らされていなかったからといって文句を言うつもりはなかった。警護はチームで行うものだ。指揮官である烈が航太に知らせずにおくというならばそれがベストの判断なのだ。しかし、疑問があった。

「本物の香さんは行き帰りはどうされてるんですか？」

「ああ、そいつは……」

言いかけた烈が言葉を飲みこんで、廊下の方に視線を動かした。

リビングと廊下の境の扉が開いたままになっており、可也子の声が近づいてくる。

「おかえり」と聞こえて、はっとする。

「早かったじゃん。いつもみたいにどっかほっつき歩いてたらどうしようかと思ってた」

「約束あるのにそんなことしないよ」

そっけない口調と声に聞き覚えがあった。

「お帰りなさい、香さん」

杉山がいそいそと立ち上がり出迎える。

扉から現れた人物を見て、航太は息を呑んだ。頭にかぶっていたフードを脱ぎながら入ってくる。覗いたのは銀髪ベリーショート、耳に沢山のピアス。彼が動くと、ほのかにブルーベリーの匂いが漂う。

嘘だろと思った。

「あなたが香さんなんですか⁉」

「ども。お兄さんも烈君も」

照れくさそうに笑うと、彼の透明感のある顔に赤みが差す。

「香さんって男の子だったんですか？」

「ぶっ」隣でコーヒーを飲みかけていた烈が噎《む》せている。可也子と杉山があーと顔を見合わせた。

「男とか女とか、そんなことはどうでもいいんじゃないかと思うけど、生物学上の性別でいうなら僕は女の子だよ」

香に言われ、自分の失言に気づいた。

「申し訳ありませんっ」

土下座せんばかりの航太を、ぷうっとガム風船を膨らませて香は面白そうに眺める。

「いいって。わざとそう思われるようにしてるんだからさ」

ファンの間でも香はピンクがかった長いストレートの髪の持ち主だという共通認識が

ある。まさかその素顔がベリーショートで少年のような容姿とは考えてもみないだろう。

でも、これでラジオ局やスタジオの近くで会った理由が分かった。香は杉山さんが警護つき車輛《しゃりょう》で移動するのを横目に誰にも気づかれず電車やバスで移動しているのだ。

「じゃあ烈君。このお兄さん貸してくれるんだよね」

何の話だと烈を見ると、彼は長い足を組んで思慮深そうな顔をしている。

「そうだなお嬢さん。そいつは航太次第だな」

「ふーん。でも、このお兄さんは断らないと思うよ。優しいから」

「だそうだ。どうする航太?」

「あの、何の話でしょうか?」

烈と可也子から説明を受けてようやく理解した。現在杉山が演じる「香」には警護がついているが、本物の香は一人で自由気ままに行動している。それは香自身が望んだことだ。警護をつけることで本物の香から目を逸らす効果があるのは事実だし、本来の目的は宣伝。しかし、そもそも護るべき対象は香の「声」だったはずだ。

「それを君に頼みたいというのが香の希望」

可也子に言われ、航太は思わず目を見開いた。肝心の香はといえば、決まり悪そうに横を向いている。

どうするも何も、航太に断る余地などない。

「あ、はい。私でよろしければ……」

応じると、横を向いたままの香の顔が少しだけ嬉しげに輝いた。分かりにくい。本当にわずかな反応だったが、やはりこの人は何か不安を抱えているのかと思った。

帰り道、烈が車を運転しながら言う。

「可也子さんから聞いた話なんだが、香にはどうもかなり以前から自分の声に対する不安があるらしいんだ」

「はあ。それはどんなものですか？」

「ある日突然、声が出なくなる恐れだな」

香の声は確かに過去に例のない珍しいものだと言われている。普段の話し声とはまた違う、不思議な揺らぎと強さを持った声なのだ。

歌唱力や表現力が高いのはもちろんだが、そもそもの素材である「声」に秘密があるような気がする。ずっと聞いていたくなるような、包まれていたくなるような、一種麻薬のような中毒性を持つ。確かに唯一無二の声だ。万が一にも彼女が声を失うようなことがあればその損失は計り知れない。もはや彼女の歌声の一ファンでもある航太としても、絶対にそんなことになって欲しくなかった。

「彼女が不安を抱いているのは何に対してなんでしょうか？　身体の不調とか、もしかしてプレッシャーとか？」

だとすれば警護をつけてどうこうできるものではない。

「いや、恐らくそれはないだろうという話だが、こればかりは当人にしか分からない。それが何なのか、彼女は一切話すつもりがないらしくてな。可也子さんや杉山さんも踏み込めないらしい」

「何ていうか、難しいですね」

思わず出た言葉に横顔を向ける烈が少し目を細めて笑った。

「そうだな。だから俺は彼女が君を指名してくれて助かったと思ってるところさ」

再三、警護をつけるよう勧められても頑《かたく》なに受け入れようとしなかった香が、航太ならばいいと言っているそうだ。

「指名の理由は君が優しいからだそうだぜ」

あーと航太は顔を覆いたくなった。ものすごく恥ずかしい。

「もし彼女の心を開くことができる者がいるとすれば、君なんだろうと俺も思う」

なんでそんな、と思った。烈が自分に甘いのか、単純に買いかぶりすぎているのか。

「俺にできるでしょうか？」

航太の弱気な声に烈は左手をハンドルから離し、航太の頭をぱふぱふと撫でて言う。

「すまん。言い方が悪かったな。できなくていいんだ。俺たちは全身全霊かけて彼女の抱える不安ごと彼女を護るだけだ。そうだろ？　もちろん君一人に責を負わせるつもりはない。俺たちも必ず後ろで全力を尽くす」

毅然《きぜん》と語る烈の横顔が格好良すぎて、航太には言うべき言葉が見つからなかった。


翌日から航太は私服での勤務となった。

香は気ままな行動を改めるつもりはないらしく、その隣にいても違和感のない格好をする必要があるからだ。

雨の火曜日、気温が低く少し肌寒く感じられる。航太は香について葛西《かさい》にあるダンススタジオに来ていた。こぢんまりとしたビルの五階だ。あの香が利用するのだ。もっと芸能人が多いスタジオかと思っていたが、普通に子供たちのレッスンが行われているような駅前の教室だった。以前から香が習っている先生が新しく教室を構えたそうで、多少不便ではあるものの引き続き通っているらしい。

確かに香が現れたら大騒ぎになるだろうが、この格好なら分からないよなと考え、いや、そもそも香の姿を知る人は少ないんだったと思い直した。

「先生も僕が香って知らないと思う」そうだ。

香はここで主にバレエとジャズダンスの基礎を習っているらしい。ちょっと意外だった。

「ファンの人から香さんはダンスがうまいって聞きましたけど、わざわざ基礎をやってるんですか？」

航太の問いに香はしばらく無言でガムを膨らませていたが、そのガムを紙に包むと口を開く。

「ステージのダンスって振り付け通りに踊るものだけど、振りを真似するだけじゃなくて何かを表現しようとするならやっぱり基礎が大事だと思う。僕は子供の頃からバレエやダンスをやってたわけじゃないし、何となく振りをこなしてるだけじゃ見に来てくれる人に申し訳ないかなと思って」

何となく分かる気がした。

航太は大学の時、バイトに明け暮れていたのでサークル活動などとは無縁だったが、一年から二年の初めにかけて女友達に誘われて少しだけダンスをやっていた時期がある。それがたまたまR&Bヒップホップというジャンルだった。R&Bヒップホップは他のヒップホップに比べ、より高い表現力を求められるとされていた。正直航太に向いていたとは言い難かったが、なるほどもっとも表現力が豊かだった先輩は子供の頃からバレエを習っていたという話だ。

体幹の鍛え方が違うんだよねと周囲の子たちが羨ましそうに言っていたのを覚えている。ボディコントロールから指先の使い方まで、確かにその先輩の表現力は別格だった。

それにしても、と航太は思う。これだけの人気がありながら香は誰も知らないところで努力を続けているのだ。そんな彼女が純粋に眩しかった。

個人レッスンが行われているスタジオはガラス張りだ。少し中を覗くと、香は柔軟体操をしているところだった。開脚した状態で上半身がぺたりと床についている。ダンスをかじったことのある人間としてはずっと見ていたかったが、香に失礼かと思いスタジオ外のスペースで待つことにした。

「君、もしかしてユウの友達？」

一時間近く経っただろうか、不意に声をかけられびくりとした。ユウというのは素顔で過ごす際の香の呼び名だ。本名すべてを聞いたわけではないが、ゆうで始まる名前だそうで、航太も人前ではユウと呼んでいる。

「あれ、えっ？」

声の主を見て驚いた。人気ユーチューバーの『ぜっとん氏』だ。トレードマークにしている同名の怪獣を彷彿《ほうふつ》させるオレンジ色の派手な眼鏡でそれと分かる。

「あ。びっくりしちゃった？　ゴメンゴ。俺、昔からここの先生に習ってんだよ。ユウとはよく顔を合わせるんで、結構仲良しなんだわ」

「あ、そうなんですね。ユウ先輩の後輩の久遠です。はじめまして」

後輩という設定になったのは主に航太の都合だ。友人関係なので敬語禁止となった途端、口が固まったみたいになって喋れなくなってしまったのだ。烈のように状況に応じて演じ分ける器用さはとてもない。

香の年齢は当然、公表されていないが可也子さんによると二十二歳だそうだ。航太の方が一つ上だが、彼女には謎のふてぶてしさがあるので多分こっちが後輩でも通るはず、というかもう、押し通すしかなかった。

ぜっとん氏は航太を怪しむこともなく、動画と同じ人好きのする笑顔を浮かべている。烈や一色より少し年上だろうか。彼は心理学の博士号を持っているそうで、心理分析や夢分析をベースに心霊現象や実在の事件について語る動画がものすごい再生回数を重ねている。

最近になって、ニュース番組のコメンテーターを務めるようになり、事件事故の背景分析の解説に的確なコメント、さらにブラックユーモアを含んだ切れのある喋りのギャップが人気の人物だった。

「あ、孝徳《こうとく》君だ。次？」

「おお、そうだよ」

レッスンを終えて出てきた香が手を上げ、二人はハイタッチをしていた。続いて顔を出した気のよさそうな先生を交えて三人で談笑している。どちらかというと表情の乏しい香が汗を拭いながら上気した顔で笑っている。その姿がとても楽しそうだ。

孝徳というのはぜっとん氏の本名らしい。

「珍しくね？　ユウが友達連れて来るなんて」

「中学の時の後輩。たまたまそこで会ったから、これから飲みに行くんだよ」

スポーツドリンクを飲みながら航太を指して香が言う。え、そんな設定なの？　と内心焦ったが孝徳は香を見て微笑んでいる。何となく兄が弟妹を見るようだと感じた。

「ユウにも友達がいてお兄ちゃん安心したよ」

「僕にだって友達ぐらいいるんですけど？」

頬を膨らませて言う香に孝徳が、そりゃそうだ、分かってる分かってると笑う。

本当は友達ではないんだけどな、と航太は少しばかり後ろめたさを感じていた。

「調子良さそうだな」

香の顔をまじまじと覗き込んだ孝徳の言葉に香が頷いた。何か言いたげにも思えるが、彼女は何も言わなかった。ドリンクと一緒に飲みこんでしまったみたいだと感じた。

「ユウ先輩、すごい人と知り合いなんですね」

駅前のカフェでコーヒーを飲みながら言った航太は、何言ってんだ俺と恥ずかしくなった。すごい人と知り合いって何だよ。香だってすごい人じゃないか――。

航太の言葉が面白かったのか、何となくぎこちない態度がおかしいのか、香はふへっと笑い、苺《いちご》ジュースのストローを噛んだ。

「僕はあいつがユーチューバーだって最近まで知らなかった」

向こうも自分のことを香とは知らないはずだと言う。ということは単純にダンスレッスン仲間としての付き合いなのだろう。超のつく有名人同士なのに不思議な関係だ。

「何かユウ先輩のこと、心配してくれてました？」

気になっていたことを問うと、香は少し迷う素振りを見せてから、ぽつりと言う。

「んー夢が悪くて。相談したことがあるから」

どきっとした。航太自身も同じ悩みがある。あったと言うべきか。

「あーそうなんですね。一瞬、ユウ先輩の本当のお兄さんかと思いましたけど、優しい方ですよね」

香はこくりと頷いた。

「ん。一度夢分析してくれてそれからずっと気にかけてくれてる」

「……その夢って、俺が聞いても大丈夫なものですか？」

「あー。鬼の夢」

「鬼……」

かくれんぼをしていたら本当の鬼が来て子供をさらっていき頭からバリバリと食べられてしまう夢だそうだ。

「それって夢分析ではどうだったんですか？」

「うん、何かあんまり良くないらしくて、孝徳が色々相談に乗ってくれた」

結果、鬼を倒して前へ進む夢に変えるようアドバイスされたそうだ。

「夢を変えるって、できるんですか？」

「うん、まあ……。起きてる間ずっとね、自分に暗示をかけるんだ。僕は強い、鬼を倒せるってね。えっと、この話はもうやめよっか」

歯切れの悪い言い方で香は強引に話を変えてしまった。もしかして声を失う不安と何か関係があるのでは？　と感じたが、無理に聞き出すのも憚られる。どうしたものかと思っていると、唐突に香が言った。

「優しさってどこから来るんだろうな」

「は？」

「航太君、優しいじゃん。それってどこから来た？　生まれた時から優しかった？」

首を傾げる。

「それはさすがに覚えてないです」

「孝徳はそうなんだってさ」

「え、生まれた時？　そんなの覚えてます？」

「孝徳母の証言らしい。優しい赤ちゃん。母の都合を考えて泣くんだって」

「優しい赤ちゃん」

思わず繰り返してしまった。

「僕は生まれつきじゃないから、優しくあるって難しい。自分を犠牲にして人のために尽くすってどうなんだろうって思ってしまう」

なんでそんな話になるんだろうと不思議に思いながら頷く。

「『幸福な王子』って話あるだろ？　僕はあの話が苦手なんだ」

「なんで？」

「王子とつばめは自己犠牲をいとわない美しい魂の持ち主だけど、もしその真相を街の人が知ったらどんな気がすると思う？　自分たちが汚いゴミとして捨てた王子の心臓やつばめの死骸が、実は自分たちを救うためにそうなってたんだ。嬉しいか？」

「あー嬉しくないです、それは確かに」

「そんななら言って欲しいよね。僕たちは皆さんに今、善行を施しています。その結果、ボロボロになって死んで行くんだよって」

そうか。あの寓話《ぐうわ》を読んだ時に心をざわつかせたものの正体が多分これなんだろう。

だぶだぶしたパーカーを着た香は袖口を指の途中まで引き上げ、テーブルに頬杖《ほおづえ》をつく。

「王子はかわいそうな子供、かわいそうな人って言ってるけど、傍《はた》から見たらどんなにかわいそうでも、他人からかわいそうと思われたくなくて平気なフリをしてる人もいるわけだろ。ギリギリのところで踏みとどまってるのに、あんな風に憐《あわ》れまれたら多分、崩れる」

「崩れる……」

苦い食べ物を口に入れて味わっているような気分で繰り返す。多分、香の感性は自分に比べてとても鋭いのだろうと考えていた。

「優しさってある種の鈍感さの上に成り立ってるんじゃないかと思う時がある」

ん？　と思った。

「あの……先輩、俺のことを優しいって言ってましたけど、もしかして鈍感って意味ですか？」

「まあね」と言われ、こっちが崩れそうだ。

「優しさってさ、結局自分の優位を確認するものでもあるんじゃないか？」

「えー」どうなんだろうと思う。違うと言い切ることはできなかったが、そうではないと思う気持ちも確かにある。

ただこんな会話を交わすことも不思議と不快ではなかった。たとえば学生時代に同じことを他の誰かが言ったとしたら、なんだこいつ面倒くさいなと感じたかも知れない。

どこか不思議な透明感を持つ香のキャラクターによるものなのか、それとも香の声を護るという使命のために彼女を理解しようという姿勢でいるせいなのか。自分でもよく分からなかった。

「航太君は何故ボディガードになろうと思ったんだ？」

香に訊かれ言葉に詰まる。

元々航太はボディガードになりたかったわけではない。航太が志していたのは警察官だ。何度受験しても採用試験に受からず、ついには面接官から君を採用する警察はどこにもないと三行半《みくだりはん》を突きつけられた。警備会社に勤めていたのも警察官になるまでのつなぎだったわけで、目標を見失っていた航太を引っ張ってくれたのがユナイテッド４だったのだ。

しかし、考えてみれば人を護るのは警察官も警護員すなわちボディガードも同じだ。

「何ていうか、たまたまそうなった感じなんですけど……」

では、やり甲斐《がい》を感じているのかと言われると、それはどうなのだろうと思う。この四ヶ月間ずっと、毎日、研修内容や現場での振る舞いなんかを覚えるのに夢中で、そんなことを考える余裕もなかった。

「ボディガードは我が身を犠牲にしても人を護るんだろ？　それって優しさ？」

唐突に投げかけられた質問に、ちょっと考えてしまった。

優しいから他人を護るのだろうか？　大園班の人たちを見ていると、そうとばかりも思えない。たとえば人より強いという自負による？　いや、でもそれだけではないのか。

「どっちなんだろ。分かりません」

「ふうん」

自分の答えが情けないので付け足した。

「でもね、先輩。我が身を犠牲にするのはあくまでも最終手段なんです。そもそも危険を回避するのが最重要だし、万が一最悪の局面を迎えたとしても、警護対象者の安全はもちろん、私たちは自分も生き残るように最善を尽くします」

どの警護員だって最初から命を投げ出す覚悟で仕事をしているわけではない。獅子原班は現場に向かう前に「盟約」を交わす。必ず生きて帰ると誓うのだ。だからこそ事前の調査や綿密な警護計画が欠かせない。警護の仕事は警護計画が肝だと香に向かって航太は懸命に説明した。

「今回の僕の件に警護計画ってあるの？」

そう訊かれ、う、と言葉に詰まる。

確かに、香の素顔を隠すために替え玉である杉山を中心とした警護計画は手厚いが、香の「声」を護るという部分に関しては何の計画もない。ただこうやって自分が後輩のフリをして隣にいるだけじゃないかと思う。

「それでいいよ。それでも可也子さんプロデュースの香という偶像は十分護られる。たとえ僕がいなくなったとしてもね。ああ、それがいいかも、逆に伝説になったりして」

「ちょっと待って下さい」

思いがけず強い語気になってしまった。

店内はさほど混んでいるわけではないし誰もこちらには注目していないが、目立つ行動は避けるべきだった。航太は声をひそめる。

「すみませんっ……。でも、そんなこと言わないでもらえませんか。いなくなるなんて。まさか本気でそんなことを考えてるわけじゃないですよね？」

沈黙が降りる。パーカーの袖で顔をこするような香の仕草を見て、ちょっと猫みたいだなと思った。少しして香が口を開く。

「僕は時々、あいつと僕は違う人格だと思うことがある」

ぽつんと落とされた言葉に衝撃を受けた。

あいつとは香のことだろう。

「彼女は作られたものってことですか？」

香はかったるそうに首を振った。

「んーやっぱりそうじゃないな。あれは僕だよ。僕が作り上げたものでもある。だけどもし、その僕が声を失ったらどうなると思う？」

彼女は核心を語ろうとしているのか？

「あいつは声だけでここまで来たんだ。もし声が出なくなったとしたら、全部なかったことになる。ここまでの努力も、可也子さんの世界制覇の夢も」

「声を失う可能性があると思ってるんですね。あの、俺に教えてもらえませんか？　何があなたを不安にさせているんですか？」

　香は黙ってしまった。

「お願いです。教えて下さい。何が脅威なのか分からなければあなたを護れない」

　香はうんと頷いて横を向く。

「それは誰にもできないことだから」

　どこか寂しげな横顔に無力感を覚える。

「でも、もし、話せる時が来たら話して欲しいです」

　香の大きな目がひたと航太に向けられる。強い意志を感じさせる瞳だ。ねえ、と視線をこちらに向けたまま彼女が口を開く。

「もし、すごーく厭《いや》な人間を護らなきゃいけなくて、さっきの最終手段みたいにどうしても命を投げ出さなきゃならなくなったらどうする？　そんな価値なんてない人間だよ、それでも身代わりになる？」

「それは……」

　考えても答えが分からない。悩んだ挙げ句、航太はその局面になってみないと分からないと答えた。確かにそんなことは絶対に起こらないとは言い切れない。その時、自分はどうするだろうかと考えた。

すっと席を立ち店を出て行く香の後を慌てて追いかける。不完全燃焼みたいなもやもやを抱え、何となく地下鉄の駅に下りる気分じゃないんだと言う香に付き合い、街を歩いた。

道路脇には雑居ビルが建ち並んでいる。

「あれ？」

牛丼チェーンやコンビニの見慣れた店舗が続く中、突然、四階建てのビルの向こうに奇妙な尖塔《せんとう》のようなものがそびえ立っているのに気づいて航太は立ち止まった。数ヶ月前に通った時にはなかったはずだ。金色の尖塔は開きかけの毒花のようにも、合掌している手のようにも見える。

航太の視線に悟ったみたいな口調で香が言う。

「『寿・清廉のつどい』の教会だよ」

香の声は冷ややかだった。

先日、駅前で配達員を装った青年から勧誘を受けた宗教団体だ。

「旧豊耳教会でしたっけ？」

勧誘を受けた話をすると、香は露骨に厭そうな顔をした。

「本当に見境ないよなあいつら」

吐き捨てるような言い方だ。香はどちらかというと感情の薄い話し方をする。自作の曲を歌っている際の表現力からすると意外なほどだ。それなのにこの言葉には強い憎悪がこもっているように感じた。

「すみません。厭な話でしたか？」

もしかして香も勧誘を受けて厭な思いをしたことがあるのだろうかなどと考える。

「航太君が謝ることないだろ」

そう言って香がガムを口に放り込んで噛む。いつものブルーベリーの香りが立ち上がり、ネオンに浮かぶ街の景色に溶けていく。

「ちょっと見ていく？　僕は時々ここを通るんだ。痛みっていつか薄れていくから、忘れないように」

ふっと笑う香の言葉は自虐的に聞こえた。

やはり何かあるのだ。

断る理由もないので脇道に入り、住宅街へ向かった。道路沿いに並ぶビルの裏側に回ったところで航太は息を呑む。

ごく普通の住宅街に突然、派手な装飾の異様な建物が現れたからだ。高さはさほどでもないが床面積はそこいらのビルの比ではない。建物自体は五階建て程度だが、その上に乗る巨大な尖塔だけで二階分ぐらいはありそうだった。

こちらが建物の正面にあたるようで、二階の入口に向けて建物の横幅一杯の大階段が伸びている。階段には白地に金の縁取りが施されており、両翼の手すりとあいまって巨大なちりとりのようだ。

「この建物は以前からここにあるけど、つい最近建て替えたものだ。あの階段は前にもあったけどね。どこの教会でも同じデザインの階段があるらしい。多くの人々を招き入れるための広い階段なんだってさ。僕には騙されて連れて来られた人間をゴミみたいにすくい取るちりとりみたいに見えるけど」

騙されて連れて来られた人間か、と思う。あの時、烈が現れなかったら自分も巨大なちりとりにすくい取られていたかも知れない。

「先輩、もしかして詳しいんですか？」

「僕の母があそこにいるから」

一瞬、言葉に詰まる。

「いつから……ですか？」

訊いてから後悔した。そんなことを訊いて何になる？　航太としては少しでも香の不安の原因に繫《つな》がるものを見つけたいと思っているが、訊かれる方からすれば興味本位の質問と変わりないのではないか？

航太の胸中をよそに香は淡々と答える。

「そうだな。もう十五年前とかそのぐらい？　ウチはね、母親があそこに取り込まれて、父親名義の貯金まで全部つぎ込んだんだ。それでどうなったかって？　両親は離婚だよ。父は鬱病で働けなくなってたから僕は親戚に預けられた。つまり一家離散ってヤツ」

それきり黙ってしまった香に、航太は「そうでしたか」と答えるのが精一杯だった。

こんな時、本当になんて言えばいいのか分からない。ひどい話だなと言うべきなのか。大変だったねと言えばいいのか。どれも違う気がして黙ってしまう。なんで自分はこんなにも不器用なんだろうと思った。

「おい、てめえ。汚《きたね》えんだよ。目障りだ」

不意に怒号が聞こえた。反射的に声のする側に立ち、香を庇《かば》う。教団建物は角地に建っており、横から見ると階段下がコンクリート造りの空間になっている。階段の勾配に合わせ低くなった手前側には自転車や樹脂製のゴミストッカー。後方は人が十分立てる高さで、郵便ポストや内部へ通ずるらしい扉があった。

チンピラ風の男たちが三人、誰かを取り囲み見下ろしているのが見える。

「おい、爺《じい》さん。聞いてんのかよ」

ドガッと肉を殴打するような音に次いで、唸《うな》る声が聞こえた。黒ずんだぼろぼろの衣服を着た老人が男たちに取り囲まれている。顔つきにしまりのない巨漢の男、頬に傷のある男、迷彩服を着たスキンヘッドの男だ。

目つきの鋭いスキンヘッドに蹴飛ばされ、老人が小さく悲鳴を上げる。

老人は両手を合わせ懇願していた。

「すみませんすみません。許して下さい。わしは何もしてません。ちょっと休ませてもらおうと思っただけで」

「それが目障りだって言ってんだろ」

「こ、この建物の方ですか？　すみません。お願いします。ちょっとだけ、ちょっとだけ休んだらすぐに出て行きますから。今日は足の調子が悪くてもう動けないんです」

「アアンッ？　バカ言うな。俺らがこんな教会と関係あるわけねえだろ。運が悪かったな爺さん、俺たちは今日競輪で大負けしてな、虫の居所が悪いんだよ」

「休ませろだぁ？　厚かましい爺《じじい》だ。よそ様の土地に勝手に入るのは不法侵入ってな。立派な犯罪なんだよ。ふてぇ野郎め。サンドバッグにされたってしょうがねえなあ」

そう言って、頬に傷のある男が無抵抗の老人の顔面に膝蹴りを食らわせた。老人は頭を守るようにして丸くなっている。

理不尽な暴力に鳥肌が立った。恐怖ではない。怒りによるものだ。

時刻は午後八時を過ぎたところだ。通りを一本入った場所で確かに人通りは少ないし、大階段で死角になっている。それをいいことに、罪もない老人相手に暴力を振るうなんて。絶対に許せない。

航太の脳裏に浮かんだのは、海辺のショッピングモールの敷地内にある野外デッキで夜を過ごすホームレスたちの姿だった。巡回の都度、親しく言葉を交わす顔見知りのクロさんたち、そして航太が職場を離れる朝にひっそりと死んで行った老人のことが思い浮かび、いても立ってもいられなくなった。

思わず飛び込んで行こうとした瞬間、ジャケットの裾を引っ張られた。背後に庇った香だ。振り返ると不安げにこちらを窺《うかが》う彼女と目が合い、はっとする。

ダメだ。自分には香を護らなければならない使命がある――。

航太が老人を助けに行くことで彼女を危険に晒してしまうかも知れない。

だが、目の前で殴られている老人を見過ごすことはできなかった。

自分に老人を救うことができるかどうかは分からない。以前の航太なら確実に尻込みしていただろう。

だが、今は違う。実戦で戦えるように日々鍛錬を繰り返している身だ。見てすぐ分かったことだが、チンピラ風の男たちの動きには無駄が多い。闇雲に相手をいたぶることにばかり意識が向いており、隙だらけだ。

脇が大きく空いているし、足を上げた瞬間には身体のバランスが崩れてしまっている。力で押すばかりの彼らにはあまり実戦経験がないように思われた。

何より三人の動きは敏捷《びんしょう》さに欠ける。

航太には大園班のエース来栖のような筋肉があるわけではない。どれだけトレーニングを頑張ってみたって、あんなすごい筋肉が簡単につくわけもない。元々、細身なこともあり打撃力に欠けるのが課題だ。だが、その分、速さがあった。走る速さと相手の動きを見切り反応する速さには自信がある。

どうする？　不意をつけば三対一でも何とか制圧できる勝算があるだろうか。

だけど——。大きな目を見開いて、香は真っ青な顔で立ち尽くしている。

その顔を見て、やっぱりダメだと思った。

自分は警護員なのだ。まず第一にこの人を護らなければいけない。自分が返り討ちに遭った挙げ句に、彼らの攻撃の矛先が香の方に向かわないとも限らない。

香が警護対象者だからとかそんなことは関係なかった。それ以前に、彼女をそんな危険に晒すことは絶対にできないと思う。

唇を噛む。じゃあ、俺は今、不条理な暴力に晒されている老人を見殺しにするのか？

とにかく警察を呼ぶ。しかし、その間にも老人は嬲《なぶ》り殺《ごろ》しにされてしまうかも知れない。

こみ上げる焦燥を無理やり飲み下した。

私服のパンツのポケットからスマホを取り出し、画面を呼び出したところで上から誰かの手が重なり動きを止められた。

「警察は呼ぶな。君は彼女を護れ」

顔を見るまでもなく分かる。烈だ。

「なっ、なんで獅子原さんがここに？」

「通りすがりさ」

言うが早いかダークスーツの裾を翻し、烈は階段下に躍り込んでいた。目にもとまらぬ速さで巨漢の頭を掴み投げ飛ばす。

「んだっこいつは⁉」

ゴラァーとも聞こえるチンピラたちの咆哮が上がる。香が怯えているのに気づいて、慌てて彼女を連れて距離を取った。その間にも烈は殴りかかる男の拳を躱《かわ》し、背後から掴みかかろうとしたスキンヘッドの足を引っかけると腕を取り、きれいな一本背負いで地面に叩きつけている。

その顔を見て、航太はうわぁと思った。

烈はめちゃくちゃ嬉しそうだ。美少女めいた顔が嘘みたいなバーサーカー状態だ。

「コンのカマ野郎。ふざけやがって」

汚い言葉で喚《わめ》き怪物めいた動作で振り上げた巨漢の腕をひょいとよけると、そのままステップでも踏むように回転し長い足で回し蹴りを叩き込む。巨漢の顔面が半分ぐらいにへこんだのを見て、航太は首を竦めてしまった。

見ているこちらの顔が歪《ゆが》みそうだ。

以前にその洗礼を受けたから分かる。烈は来栖ほどガタイがいいわけではない。とはいえ、もちろん鍛え上げられた肉体ではある。航太など足もとにも及ばない、いわゆる細マッチョだ。そこまで力が強いようにも思えなかったのに、蹴りもパンチも彼の見た目からはまったく想像できないほど重いのだ。

烈は嬉しそうに「おお、すまんすまん。本当に当てるつもりはなかったんだが、あまりに聞き苦しくてつい目測を誤っちまったな」などと言っている。

「ざけんな。ぶっ殺してやる」

烈の背後で荒い息を吐いているのは頬に傷のある男だ。見れば、その手には折り畳みナイフが握られている。

それを見て烈は鼻先で笑った。

「おいおい、いい加減にしておいた方がいいぜ。そんなことをしてどうなるのか分からないわけじゃないだろ」

「びびってやがんのか。クソがァー」

ナイフを持って突進してくる男の手首を易々《やすやす》と摑んだと思ったら、美しい顔に微笑を浮かべながらぎりぎりとねじり上げる。

「いてえ、いてっ。離せ、この馬鹿力」などと喚いている男が滑稽に思えてきた。

「覚えてろよ」とお決まりの捨てゼリフを残して傷ついた仲間を担ぎ、這々《ほうほう》の体で逃げて行く男たちに、烈は「何だ何だ。面白すぎるぞ君たち。コントか何かなのか？」などと呆れた様子で言っている。

烈が飛び込んでから、連中が逃げて行くまで恐らく一分もかかっていない。あっという間の出来事だった。取りあげたナイフを丁寧に畳むと、烈は老人を助け起こしている。

「よっと。なかなか手ひどくやられたな。大丈夫かい？」

老人が烈を拝むようにして頭を下げた。

「どこのどなたか存じませんがありがとうございます。ありがとうございます」

「どこのどなたかって、銀歩《ぎんぽ》さん。そいつはずいぶんなご挨拶じゃないか」

老人があちゃーと天を仰いだ。

「獅子原君には敵《かな》わねえな、先刻お見通しってわけか」

「ははっ。君と俺の仲じゃないか。第一場所が場所だ。わざわざこんなとこまでホームレスの老人を殴りにくる輩《やから》なんているわけないだろ。正体バレバレだ。さて、今日のところはさすがの君も撤収するだろ？」

烈が老人に肩を貸しながら教団の敷地内から出てくるのを待ち、航太は訊いた。

「あの、これってどういうことですか？」

「ああ、紹介しておこう。この御仁は長谷川銀歩《はせがわぎんぽ》といってな。豊耳教会時代からこの教団を追っかけている孤高のジャーナリストさ」

こんな老人が？　と航太は思ったが、どうやらこの姿自体が変装らしい。

「孤高はやめてくんねえかな」

老人のフリをやめた彼はするめでもかみしめているかのように口をもごもごさせた独特の喋り方をする。何か味わっているような声の出し方なのだ。

「銀歩さんは変装と潜入の名人でな。以前に俺と変装の腕前を競ったこともあるんだ」

なんでそこを競うんだと思ってしまった。

「んで？　今日はゴミの中から何を探ってたんだい？」

「そいつは企業秘密だ。いかに獅子原君といえども言えねえよ」

「おお悪い。ごもっともだな」

腫れあがった頰をさすりながら言う銀歩に烈は苦笑している。先ほどまでの老人ぶりとは違い意外に声が若い。変装だけではなく演技も巧《うま》いようだ。烈とはずいぶん心安いようで、ぽんぽんと会話が進んで行く。

「あんまり無茶するなよ。今回はたまたま俺が通りかかったから良かったが、下手すりゃ君あのままあの世行きだぜ」

そう言って折り畳みナイフに目を落とす。

チンピラの仕業と見せかけて、目の上のたんこぶの銀歩を亡き者にしようとしたとしても不思議はないと烈は言うのだ。

「うーん。そこまでするかね。確かに今回のはなかなか手荒かったが……。あぁ、いてえ」

「実のない話し合いに、名誉毀損だ不法侵入だと訴えて君を牽制《けんせい》し遠ざけては逆襲されての泥仕合を永久にやってるんだと思ったがな。随分思い切った方向転換をしたもんだ。そろそろ君も警護をつけることを検討した方がいいんじゃないのか？」

　烈の言葉に銀歩はにやっと笑った。

「なぁに。世間がアタシを変人扱いしてる間は大丈夫だ。命までは取らねえだろ」

「あんまり過信するなよ。っと、とりあえずこいつは返しとくか」

　そう言って烈が階段下に向かってナイフを投げ入れたので航太はびっくりした。回転しながら飛んでいったナイフは金属製のポストの口にすぽんと収まっている。ゆうに二十メートル近くは離れているし、せいぜい五センチ程度の高さの投入口に押し込む形で投げ込んだのだ。すごいコントロールだ。

「え。いいんですか、そんな？」

「どうせ上から監視カメラで見てるだろ。ゴミの分別は任せとけばいいさ」

「いや、そこじゃなくて」

　烈はあのチンピラたちを教団が雇ったか、もしくは変装した信者かだと決めつけているが、本当にそうなのかと思ったのだ。

「いやいや」と銀歩が足をさすりながら言う。

「彼らの出方はよく分かってる。ああやってもっともらしい風に見せかけて真実を糊塗《こと》するのは大得意なんだよ、彼らは」

「今回のはコントだったがな」

銀歩はもう十年以上教団の周囲を調べているそうで、教団からするとうるさい蠅《はえ》のような存在らしい。烈いわく「ギンポって魚がいるが、まあこの人に関してはピラニアとかスッポンとかいった方がぴったりくる。一度決めたらどんな迫害を受けようとも離れない。敵に回すと厄介極まりない御仁さ」ということだ。

銀歩はいたたたと腰を伸ばしポケットから取り出した眼鏡をかけている。

ふと彼が航太の陰に隠れるようにしていた香に目をとめた。

「おや、あなたはもしかして飯沼《いいぬま》さんの……？　やあ、こんなところで何をしてるんだい？　え、獅子原君の知り合いか？」

窺う銀歩に烈は「いや」と首を振った。

「こっちは俺の部下だが、さっき偶然会ったのさ。久遠は今日、非番だったよな？　あちらさんはこいつのプライベートの友達なんだと思うぜ」

あまりにも流暢《りゅうちょう》な烈の嘘に、自分でもそうだったような気になってしまった。

「おや、そうなのかい？　でも飯沼さんとこの侑香《ゆうか》さんだよね。アタシのこと覚えてないかな。ほら、あなたのお母さんの脱会をみんなで手伝った時に……」

ゆうか？　ユウがつく名だと思った瞬間、香が遮るようにして言った。

「人違いだよ。僕はそんな名前じゃない。航太君、悪いけど用事を思い出した。先に帰る」

「えっ。あ、じゃあ一緒に行きます」

はっと息を呑む音が聞こえた。

「待ってくれ、君。まさか航太君なのか？」

慌てて追いかけようとする航太は腕を摑まれ、驚いて振り返る。

俺のことを知っている？　眼鏡のレンズ越しに見える銀歩の瞳は緑に近い不思議な色をしている。顔立ちからはそうは思えなかったが外国人の血でも入っているのかも知れない。

その色の瞳に見覚えがあるような気がした。ずっと前にどこかで彼に会ったことがあると思った。

「やっぱり。君、航太君だね」

「あなたは……？」

どこで出会った人なんだと思った瞬間、緑がかった彼の瞳に自分が映っているのに気づいてあっと思った。と同時に目の前の景色がぐにゃりと歪み、航太はよろめいた。頭が割れるように痛む。ぎーんと金属を削るような不快な耳鳴りがして吐きそうだ。

ひどい偏頭痛の時みたいだ。黒く染まった視界にバチバチと白い光が点滅している。

烈が小さく舌打ちするのが聞こえた。

彼が誰かに「すまん、交替だ。ユウの方を追ってくれ。位置情報を送る。ああ、君はまだ顔を知られてないから大丈夫だと思うが、気づかれないよう慎重にな」と指示しているのを聞きながら、航太は目の前で驚いたようにこちらを見ている銀歩から視線を逸らすことができなかった。

頭がガンガンと痛み、吐き気がする。意識を保とうとすると冷や汗が流れてくる。

こんなところで倒れるわけにはいかない。自分は今、香の警護中なのだ。

点滅する光の中にモノクロの景色が拡がってくる。何だこれ？　と思った。見たことのない情景だ。山の中？　いや、そうじゃない。知っていた。ここは里からさほど離れていない。懐中電灯らしい丸い光に照らされる人工物が見える。明らかに人の手で細工された竹の柵、紙の飾りが風に揺れ、かさかさともの悲しい音を立てている。

上下しているのはスコップだ。スコップの柄が視界の一番近いところで揺れている？

湿った土の匂い。微かな腐敗臭。自分はかつて確かにこの光景を見たことがある――。

そうだと閃《ひらめ》く。これは墓だ。誰かの背中越しに見えるのは土を丸く盛った土葬墓だ。

突然、背後からがばりと何かがのしかかってきて、航太は恐怖に身体を強《こわ》ばらせた。

悲鳴を上げずに済んだのは吐き気をこらえていたせいだ。ヤバい。捕まった？　ここにいちゃダメなのに。絶対に自分がここにいることを知られちゃダメなのに。一刻も早くここから逃げないと――。自分を押さえ込んでいる何者かを振りほどこうと暴れる航太の耳に、心地良い低音が流れ込んできた。

「航太。聞こえるか？　大丈夫だ。ここにいるのは俺だ。怖がらなくていい」

目の上に温かいものが乗せられ、視界を塞がれる。点滅していた光がふっつり途絶え、土葬墓の景色も消えた。

「ようし、いい子だ。ゆっくり息を吐き出せ」

落ち着いてくると微かなマリン系の香りを感じた。爽やかでいてどこかセクシーな印象。嗅ぎ慣れた匂い。烈の香水だ。背中に自分より少し熱い体温を感じる。不思議な安心感があり、一瞬、ぐったりと身体を預けた。頭痛と吐き気がすうっと消えていく。

烈が背後から覆い被さるような格好で密着しているらしいことに気づいたのはしばらく後だ。うわっと思った。航太が暴れたせいだろう。烈の左手が航太の身体の前を通って航太の両手をしっかりと押さえ込んでいるし、航太の目の上には烈の右手があった。

「ええっ。うわあ、あの獅子原さん。もう大丈夫です。すみませんっ」

慌てて彼の腕から抜け出して振り返ると、烈は少しほっとしたような顔になった。

「肝を冷やしたぞ。君、いきなり紙みたいに真っ白な顔になったんだから」

「何かすまなかったね」

申し訳なさそうな銀歩の声にそちらを向こうとした航太は「おっと」と呟いた烈によって再び目を塞がれた。

「悪いが今日のところは失礼させてもらうぜ。こいつには君の存在は刺激的すぎるようだ」

「その方がいいだろう。悪かったよ航太君。またいつか。もし君が望むならアタシは知っている限りのことを話そう」

「おい、君っ」珍しく烈が焦った声で制する。あなたは誰なんですかと訊きたいがまたキーンと耳鳴りがして頭痛がぶり返した。先ほど見た恐ろしい光景が目の前に迫ってきて声が出せない。

土葬の墓？　あれは一体何だ？

封印された記憶に関するものなのか——？

「おっと、そこまでだ」

振り返ろうとするのを阻まれた。再び烈に肩を抱かれ、半ば追い立てられるように歩かされていく。

「あっ、香さんを」

今更に自分の使命を思い出して慌てて走り出そうとした。そんな航太の頭をあやすようにぽんぽんと叩いて烈が囁く。

「大丈夫だ。安心してくれ。サイコパス関西人を行かせたからな」

「奈良さん？　チームから外れたんじゃ」

「いや、今日非番なのは実はヤツでな。香の傍に近づくことはできないけど同じ空気を嗅ぎたい、とか何とか微妙に気持ち悪いことを言ってたから、その辺にいるんじゃないかと踏んだら本当にいた」

「ええっ……」いいのかそれはと思ったが、彼らに迷惑をかけてしまった立場なので何も言えなかった。

「獅子原さんはなんであそこに？」

「なんでって、帰り道じゃないか」

何を当たり前のことを訊くんだと言わんばかりだ。確かに葛西から会社のある木場までは地下鉄で一本だが、それはユウ、つまりは本物の香の方についていた航太の話だ。本日は表向き「香」の警護はない。「香」がオフだからこそダンスレッスンに出かけたのだ。

「ああ、別任務さ」

タクシーの後部座席に凭れて外の景色を眺めながら烈が言う。ぶらぶら歩いて帰ろうとしていたところで航太と香の姿を見つけ、おっと思ったところで住宅街の方へ入ったため、興味が湧いてついて来たのだそうだ。

「助かりました。ありがとうございます」

多少の疑問は残るが礼を言う。航太一人では香を護り、銀歩を助けることはできなかったのだ。本当にありがたかった。

それにしてもあの銀歩という人物は何者なんだろうと思う。航太のことだけではない。香のこともよく知っているようだった。

母親の脱会に協力したようなことを言っていたなと思い出す。香は今でも母があの教会にいると言っていたのだ。香は否定したが、過去に銀歩と面識があるのは恐らく間違いないだろう。何故、人違いだと彼女は言った？

そして銀歩は航太の何を知っているのだろうと思った。もし航太が望むなら知っていることを話すと彼は言っていた。何について？　彼の緑色の瞳が自分に見せたものは一体何だったのだろう――なんて考えは「腹減らないか？」という烈の言葉に邪魔され消えた。

「え、はあ。さっきまではそうだったんですけど……」

正直、まだ頭痛と吐き気が残っていて食欲はない。

「そうか、そうだよな。さっきの今だもんな。じゃあまた今度にしよう。うまい焼肉屋を見つけたんだ。もちろん俺の奢《おご》りだぜ。一色を誘ってもいいんだが、あいつと行くと、それぞれの好み通りの完璧な焼き加減で肉を焼いてくれるんだよな」

あの人は肉の焼き加減にまで精通しているのかと感心している航太をあやすように烈が続ける。

「完全にヤツの手のひらの上じゃないか？　いや、それが癪《しゃく》だって意味じゃないんだ。むしろヤツなしで生きていけなくなるんじゃないかと心配になるんだよなぁ」などとのんきなことを言うので笑ってしまった。

烈は航太を自宅アパートに送ってくれた。

航太はのろのろと上着を脱ぐと、壁に背をもたせかけて膝に顔を埋めた。

屋上へ向かう階段にいた絵理沙の姿勢みたいだとぼんやり思う。

ちなみに烈はといえば、ちゃっかり階下の大家さん宅に上がり込んでいた。タクシーが到着したタイミングを見計らったように顔を出した大家さんの奥さんがおかずを分けてくれたのを見て、「おおっ。いい大家さんだな」と感激していたと思ったら、「久遠の上司の獅子原です」と勝手に挨拶に行き、何故か大家さんと意気投合して「一杯やりましょう」と言われていたのだ。

毎度ながら、恐ろしいコミュニケーション能力だ。航太も誘われたが、まだ本調子ではないのでと自室に戻らせてもらった。

大家さんの奥さんは大変な料理上手で時々こうやっておかずを分けてくれる。今日は大皿にホワイトソースで煮込んだロールキャベツが載っていた。上にみじん切りのパセリが散らしてある。今はまだ食欲が湧きそうになかったが、優しい心遣いが嬉しい。

ふと、実家のロールキャベツを思い出して懐かしくなった。航太の父は航太が中学二年の時に亡くなっている。事故だといわれている。その際、航太も共にいながら、その事故の前後の記憶を失っていた。

何があったのか。何故、どのようにして父が死んだのか、思い出そうとすると、先ほどみたいにひどい頭痛や吐き気に襲われてしまい、どうしても思い出すことができない。

銀歩が言っていたのは父の事件のことではないかと思った。当時かなりセンセーショナルな扱いを受けていたようだ。ジャーナリストである彼が何かを知っていても不思議はない。航太自身はその手の記事にアクセスしようとして過呼吸を起こして救急搬送されたことがあるが、さっきの自分の反応を見ると、話を聞いただけでも同じことが起こるのかも知れなかった。

だが、と思う。いつまで自分はこんな風に真実から目を背けているのだろう。

それに……。あることに思い当たって航太はぎゅっと目をつぶった。

今日はたまたま烈が現れ、たまたま近くに奈良がいたから事なきを得たが、もしもこの先、自分一人で誰かの警護にあたっている際に、あんなことが起こったらどうするのか。

銀歩が現れる度、あの緑色の瞳を避ける？

銀歩がいる方向に視線を向けられない、では困るのだ。もし彼の後ろに襲撃者がいても航太は気づけないことになってしまう。

それに、と考え頭を抱えた。航太が避けるべき相手は本当に銀歩だけなのか？　この先、どんな人とどこで出会うか分からない。人だけではない。父の事件について書かれた記事に触れる度、頭痛や吐き気に見舞われるのだ。そんなことで人を護れるはずがなかった。

今になって気づく。来栖に言われるまでもなく自分は警護員失格なのではないか。このままでは自分は永遠に半人前のままだ。

俺はずっとこんな風に真実から目を背けて、逃げ続けるつもりなのか？　いやだ。もう逃げたくない――。いい加減に目を醒《さ》ますべき時なのだと思った。

カンカンと金属製の外階段を上って来る軽快な足音が聞こえる。どこか陽気な足の運び。大家さん夫婦のものではないなと考えた瞬間、コンコンと扉がノックされた。

ひょいと顔を覗かせたのは烈だ。

「おいおい君、何て顔してる」

「獅子原さん」

彼の顔を見ると泣きそうになった。情けなさすぎるけど、どうしようもない。この人も一色も自分のことをすごく買ってくれているけど、ダメなのだ。自分には重大な欠陥がある。多分、彼らの期待に応えることはできない。この仕事には警護対象者の命がかかっているのだ。そんな重要な仕事を自分のような欠けた人間に担わせてはいけないと思った。

「ふうん。なるほどなあ」

話をしたいという航太に、気軽に応じた烈はラグの上であぐらをかいている。

「では君は、自分には重大な欠陥があるから警護員を辞めたいと考えているわけだな」

自分から言い出したことではあったが、尊敬する烈の声で聞くと、ぐっと胃の辺りが重くなる。

「では、それは最初から承知の上だとしたらどうだい？」

窓辺に置いたストームグラスを手に取り照明にかざしながら何気ないように言う。

「え？」

「昔の航海ってすごいよな。インターネットもGPSも何もなくて、よく大海原《おおうなばら》に漕《こ》ぎ出《だ》そうなんて思ったもんだ」

涙の形をしたストームグラスには透明な液体が満たされている。その上部には小さな星形の結晶が舞っていた。雨が降るのかとちらっと考える。

「今は何でも指一本で答えが分かっちまうけどそれじゃあ面白みがないよな。だけどさ航太。そんな世の中でも分からないことってのはある。俺だって時々、自分がどうしたいのか分からなくなる時があるんだぜ」

「そんな。獅子原さんは……」

いつも自信に溢れているじゃないかと思ったが、その表情が少し儚げに見えて黙る。

「なあ、俺が君をU４に引っ張ったのは君を護るためだと言ったら信じるか？」

頭を殴られたような気がした。

「護る？　俺をですか？」

「そうだ。君は俺の同僚であると共に、俺の警護対象者でもある」

「う、そですよね……」

「本当だ。ある人からこの警護依頼を受けて君をユナイテッド４に招いた」

信じたくなかったが、烈の表情を見れば冗談などではないのが分かる。

「君が何かを忘れているのは事実だ。それは父君の死と結びついている。そうだろ？」

「獅子原さん、何か知ってるんですか？」

思わず詰め寄る航太に烈は両手を上げた。

「俺が知ってるのは君の父君の事件のあらましと、君が何かを忘れていて苦しんでること
とだけだ」

「それで俺を護ってくれているんですか？」

思った以上にとげとげしい言い方になってしまい、航太は唇を噛む。だってこれじゃ、まるで航太がかわいそうな子供で烈に庇護《ひご》されているみたいじゃないか。

『あんな風に憐れまれたら多分、崩れる』

今になってようやく香が言っていた言葉を理解する。

「あなたは俺を憐れんでいたんですか？」

そういえば、と思い出す。烈が以前に、航太のことを壊れやすい人形のように思っていたと言ったことがあった。あの時は何故そんなことを？　と思ったが、彼が自分を不完全な記憶を持つ哀れな存在だと思っていたのなら腑《ふ》に落ちる。

航太の言葉に烈は静かな声で言った。

「黙っていたことは悪かった。だがな、俺は君を憐れんでいたわけではない。それだけは胸を張って言わせてもらうぜ」

子供じみていると思いながら、悔しくて声が出ない。

「俺が君を護っているのは、君の封印された記憶に重要なものが秘められているからだ」

「え？」どういう意味だと思った。

「その記憶を何としても取り戻させたい連中がいるんだ」

思わず烈の顔を見返してしまった。

「以前に君、何者かに催眠術をかけられたことがあるだろ」

書店員の女性が騒動を起こした結婚式の際だ。一色が航太から離れた隙《すき》に航太は何者かに催眠術をかけられ、その間の記憶が途切れている。

「あれは君の記憶を狙う連中が探りを入れたのだと俺たちは見ている」

「え？　なんで？　そんなまだるっこしいこと。俺から記憶を引き出したいのなら拷問でも何でもすればいいじゃないですか」

責めるべき相手は烈ではないと分かっていながら、語気が強くなる。

「前回、君が入院した時に少しばかりカウンセリングをしてもらったんだが、その際に分かったことがある」

これ以上、どんなショッキングな内容がもたらされるのか。身構える航太の顔をじっと見て烈が口を開く。

「どうやら君の記憶を封印しているのは君自身らしい」

思い当たることがなくて首を傾げる。

「誰かによって施されたものではないんだ。その封印は強固で第三者においそれと解けるものではないらしい。おそらく例の催眠術師もそれを確認して引き下がったんだろう」

烈はそっと目を伏せた。

「もし無理にその封印を解けば恐らく君は壊れる。だから誰も君に手を出すことができないんだ。分かるかい？　君が記憶を解放する許可を自分自身に与えない限り、その封印は解かれることはない」

信じられない思いで烈の言葉を聞いている。小さなテーブルを挟み烈と向き合っていた航太は這《は》いずるようにして取《と》り縋《すが》った。

「獅子原さん、知ってるなら教えて下さい。俺は一体何を封印しているんですか？」

何となく頭を下げるような姿勢になっている航太の背中を烈は軽く撫で、優しい声色で囁くように言う。

「分からない。ただ分かっているのはそれが世に出ては困る連中がいるってことだけだ」

もしかして自分は知らない間に大変なことに巻き込まれているのではないかと思った。いや違う。知らないうちではなくて、知っているからこそ、記憶を封印したのだ。

航太の記憶が失われているのは中学の二年間だ。その時の自分がどれだけの覚悟を持っていたのか分からないが、中学生の自分にそんなことをさせたのは一体何だったのか。得体の知れない巨大なものが自分の背後に蠢《うごめ》いている気がして恐ろしかった。

「さて、ところでだが」

思い出したように烈が言う。

「俺は君を護っていると言ったが、二十四時間張りついて警護してるわけじゃない」

それはそうだろう。そんなことをされればさすがに気づく。でもおかしいなと思った。この場で明かされた自分に関する話が事実なら、確かに二十四時間体制で警護すべき案件ではないかという気もする。

「そうしないのはそれで十分だからだ。何故なら連中も今のところ様子見しかできないからな。だってそうだろ？　いわば君は無理に解除すれば自爆するブラックボックスみたいなものだ。危なくて手が出せない」

つまり現在のところ、さしあたっての脅威はないだろうと言うのだ。

「その上で言わせてもらうが、俺は君を警護員として独り立ちできるように育て上げるつもりでいる。ああ、任せておけ。大園班に入ったって十分通用するさ。いや、そんなもんじゃない。必ず君を連中なんかよりずっと優秀な警護員にしてみせようじゃないか」

いつも通り愉快そうに烈が言う。だが、航太には彼が大口をたたいているようにしか聞こえなかった。

「こんなひどい欠陥があるのにですか？　この先、任務中に銀歩さんに出会ったり、いや、それだけならまだいい。何の弾みでトリガーが引かれるのか分からないんですよ」

そこまで言って思い当たった。烈が言った自爆装置付きのブラックボックスだ。銀歩を見て甦った土葬墓の映像や、それ以前に見ていた数々の不穏で鮮明な悪夢。あれらすべては航太の記憶から漏れ出したものなのではないのか？　悪夢を見始めたのはユナイテッド4に転籍する少し前からだ。

もしかして、記憶の封じ目が緩んでいるのではないかと思った。

「君を一人にはしないさ。何かあったらすぐにフォローできるようにしてるだろ？」

諭すような烈の言葉に直感的にいやだと思った。それは結局、航太一人では危なっかしくて任務を任せられないと言っているのと同義ではないか。そうか……と思った。あの教団の建物で銀歩が襲われていた時、ちょうど良いタイミングで烈が現れたのも偶然ではなかったのだ。恐らくは奈良も同じだ。みんな知っていて航太をフォローしてくれていたのだ。

それなのに航太だけが、自分一人で香を警護しているような気になっていた。香だけじゃない。絵理沙の時もすぐに一色が現れた。彼は本当に非番で、連絡を受けて学校に向かったのか？　そもそも最初から、航太がきちんと任務を遂行できるかどうか近くで見張っていたのではなかったのか？

何が正統派の警護員を目指すなら大園班だ。そもそも俺にはこの仕事に就く資格すらなかったんじゃないか――。そう思うと自分に腹が立つ。

「情けないです。俺は、一人でできてるような気になってたけど……結局、ダメなんですね。本当に情けないな」

つい泣き言のようになってしまい、これ以上カッコ悪いところを見せてはいけないと思って最後は笑った。

「すみません。これ以上ご迷惑はかけられないので辞めさせて下さい。あ、でも、俺が近くにいた方が獅子原さんは警護がしやすいのか。U4で何か俺にできることありますか？　経理とかは無理かな？　あ、庶務とか？」

近すぎる距離にはっとして、慌てて最初に座っていたロフトベッドの足もとまで移動する。航太の言葉を黙って聞いていた烈が急に顔を上げた。

「断る」

「は？」

「君を辞めさせるつもりも経理や庶務に行かせるつもりもないと言ってるんだ」

なんでだよと思った。そりゃ近くにいる方が警護はしやすいかも知れないけど、こっちの気持ちも考えて欲しい。

「いやです。俺はこの先ずっと保護者つきで警護任務に当たるんですか？　そんなの絶対にいやです。惨めすぎる」

烈が不思議な物を見るように航太を見た。

「俺は君が必要だから言ってるんだが？」

「それって警護上の都合ですよね」

正直、自分につけられている警護を解除してもらえないだろうかと思った。

「そもそも、俺の警護を頼んでる人って誰なんですか？」

前の会社からの転籍が警護の都合で強行されたのだとしたら、航太の人生そのものを曲げられていることになる。

もちろん前の会社は本当に航太が進みたかった道ではない。ユナイテッド4の方がやりたかった仕事に近いのは事実だ。だが、自分の意思と無関係のところで自分の人生を決められていくのは我慢ならなかった。

「君の父君だ」

ぽんと投げられた烈の言葉に声を失う。

「は？　だって父は俺が中学の時に死んで」

「生前に君のことを託しておられたそうだ。もちろん俺が直接聞いたわけではないがな」

そんなバカな、と思った。

「いずれ君がこの情報を欲する連中から狙われることになると見越し、それが始まった時には君を護って欲しいという依頼だった」

分からない。一体何が父にそんなことをさせたのか。それでは航太が封印している何かは父が自分に託したものなのか？　最近になってそれが始まったのは何故なのか？

　分からない。思い出せない。思い出したくない――。考えれば考えるほどズキンズキンと頭が痛む。苦しくて、息ができなくて、顔を手で覆ってしまう。額からまぶたへ引っ掻くように爪を立てると痛みに少しだけ気が紛れる気がした。そっと航太の手を下ろさせて烈が顔を覗き込むようにして言う。

「すまなかった。君の心に土足で踏み込むような真似を許してくれ」

　隠すものがなくなって剝《む》き出《だ》しになった瞳の先にあるのは烈の綺麗な顔だった。

　いつになく真剣な表情で烈が続ける。

「俺が君を警護員に推薦したのは都合がいいからだけじゃない。君ももう分かっていると思うがこの仕事はそんな生やさしいものじゃない。時には命を賭ける必要がある。俺が君をスカウトしたのはいざって時に君が背中を預け合うに足る人間だと思ったからだ」

「そんな……。俺には無理です」

　もしそんな危うい現場で例の発作？　が出たら自分だけではなく、仲間も危険に晒してしまうのだ。そんなこと耐えられない。

　そう言うと、烈は笑った。

「その時はその時だ。俺が必ず何とかしてみせよう」

「なんであなたはそんなに自信過剰なんですか」

あんまりな言葉につい咎《とが》めるような言葉が出てしまう。

「その自信があるからさ」

自信満々な態度に、いやあ本当にこの人何なのと思ってしまった。

「なんでそこまで俺を買ってくれるんですか」

拗《す》ねた子供みたいな言い方になる。

「うーん、そうだな。たとえ君にハンディがあったとしても、それでもウチに必要な人材だからさ。考えてもみろよ。戦闘力だけありゃいいってのなら、大園班の連中と変わらないじゃないか。俺はさ、警護員に必要な資質はそれだけじゃないと思ってるんだ」

「それだけじゃないんですか？」

当たり前だろと烈は即答した。

「知力、胆力、即応力。その辺は俺や一色でも十分だが、それじゃ弱さが足りない」

「弱さ……」

当然、航太のことだろう。この人実は相当サディスティックで意地悪なんじゃないだろうかと思えてきた。

「おっと。悪い意味に取らないでくれよ？　そうじゃない。警護員には確かに強さは必要だが、それだけじゃ護られる側の気持ちに寄り添うことができない。君も知っての通り、うちの班に来る依頼は特殊なものが多い。時には繊細な心の機微が問題解決の糸口になることもあるんだ。他者の心の痛みに寄り添えることは何物にも代え難い資質なんだよ」

「じゃあ俺は警護員を続けてもいいんですか？」

「当たり前だ。自慢じゃないが俺は合理主義でな。役に立たないと思ったら最初からウチには誘わない」

　そう言って烈は帰って行った。

　この人は部下である自分に甘すぎるのではないかと思ったが、それでも必要とされるのは嬉しかった。何か、ひどくショッキングなことと嬉しいことを同時に聞かされ感情が忙しい。結局、食欲が湧かないままロフトに上って布団に潜り込んだ。

　父さんは一体何を俺に託したんだろう？

　そんな重大な秘密って一体何だ？

　これまでの悪夢がその封印を解く鍵だったのなら、今の状況はまずいのではないか。自分が何を抱えているのか分からないが、もし一生思い出さなかったらどうなるのだろう――。色んな思いがぐるぐると回る。

　いつの間にか寝入ってしまった航太はこの日、朝まで何の夢も見なかった。

　翌日は非番だった。大家さんの奥さんから昨夜《ゆうべ》頂いたおいしいロールキャベツを食べて、洗濯と掃除をし、布団を干して一日が過ぎる。

やっぱりダメだと思った。

今の状態のままであんな風に香の傍で警護をすべきではない。

考えに考えた結果、出社してすぐ、香の警護から外してもらいたいと申し出た航太に、烈はうーんと腕組みをして考えこんでいる。

確かに勝手な申し出だとは分かっていた。

香がなぜ声を失う不安を抱いているのか、結局分からないままだ。それを聞き出せるとしたら航太しかいないという烈の期待に応えることはできなかった。烈の言う通り警護員としての自分の価値が弱さにあるのだとしたら、いや、そこにしかないのだとしたら、自分はみすみすそれを活《い》かせる機会を放棄しようとしているのかも知れない。

だが、航太が香の警護に就くためにはもう一人、人員が必要になる。警護体制を二重にせざるを得ないのだ。それならちゃんと役割を果たせる誰かに代わってもらう方がずっといいはずだと自分を納得させた。

難しい顔をしていた烈が口を開く。

「実は俺も一時的に君のポジションを外すことを考えていた」と言われ、ああ、やはりなと思った。

「違いますよ久遠君」

後ろから声をかけ、会議室の扉を開けて航太と烈を促し、入室させたのは一色だ。

「班長のご判断はあなたに問題があってのことではありません」

あの日から、長谷川銀歩がユウのことを調べているのだそうだ。

「彼女は否定していたが、銀歩が言っていた侑香とは香のことで間違いない。あの二人は彼女の母親の件で面識があったんだ」

航太がユウに同行していると銀歩に出くわす確率が上がる。それでは不測の事態に対応できないという判断はもちろん、航太とユウが常に共にいて高確率で香の仕事場近くに現れては銀歩にユウの正体を知られてしまう。それが今回のポジション替えの理由だそうだ。

「でも、なんで銀歩さんがユウさんを？」

『寿・清廉のつどい』を追っているはずの彼が何故ユウを追う？　銀歩はユウが人気シンガー「香」であることを知らない。彼女の母と教団の関係をスクープしようなどというものではないことは間違いなかった。

「仮に気づいたとしても、ああ見えて彼は誇り高いジャーナリストでな。信念に基づいて悪を追うことはしても、個人のプライバシーを暴こうとするタイプじゃない」

「何か気になることがあるんでしょうか」

「かといってあんたはあの子の何を調べてるんだ？　とも訊けないんだよな」

烈がお手上げだというように肩を竦める。

ユウは単なる航太の友達ということになっている。下手に話を振ると彼女がユナイテッド4の警護対象者だということがバレてしまう。

それではユウの隠密《おんみつ》行動の意味がない。航太が銀歩に訊けばいいのかも知れないが、今の状況で彼に会うのはまずい。

「もしかして教団のことと香さんが声を失う不安とが関係しているんでしょうか」

それは昨日一日色んなことを整理した結果、考えたことだ。

「そうかも知れんし、そうでないかも知れん。彼女にしか分からんことだからな」

「難しゅうございますね。せめて香さんのバックグラウンドが分かればいいのですが」

通常、警護対象者からはできる限りのヒアリングを行うのだが、今回の依頼主は可也子だ。彼女は香の過去を知らないし、香本人に話すつもりがないならお手上げだった。

この会社には資料室があり、新聞報道やニュース映像のアーカイブが収められている。過去に起きた事件や事故を調べることができるようになっているのだ。烈と一色が調べたところ確かに以前、信者数人を脱会させるのに銀歩が関わったことがあるらしい。だが、信者の名は伏せられており、それ以上のことは分からなかったそうだ。

「もちろん、それ以上のことを調べる手立てがないわけではないんだが……」

今回はそれ以上の踏み込んだ調査をする許諾を香本人から得られていないので、勝手にはできないということだ。

九月最後の土曜日、香のライブが行われる。

午前中より湾岸にあるライブハウスに先行し、魚崎班班長である魚崎孝次郎《こうじろう》と共に会場内の「検索」を行うのが航太に与えられた任務だった。検索というと少し違和感があるが、調査、捜索といった意味だ。業界用語のようなものらしく前の警備会社でも使うことがあった。

既に機材の搬入が始まっている。ひょいひょいと縫うようにして進みながら魚崎は盗聴器や隠しカメラの有無を調べている。眼鏡をかけた太めのお父さんといった印象の魚崎は今日もカジュアルなトレーナー姿だ。メカニック担当の魚崎班は表に出ることはないし現場によっては床下にもぐりこんだり屋根裏に登ることもあるそうで、大体ラフな格好をしている。

航太は今、魚崎の助手を務めているが、この後、人前に立つので原則通りスーツ着用だ。

無線を使用する盗聴器やカメラは電波を捉える機器で見つかるが、有線の隠しカメラやビデオカメラに関しては一つ一つ目視で確認しなければいけないと聞いて驚いた。

「そんなの分かるんですか？」

「もちろん巧妙に隠されてたら分からないけどね、ただどんなものでも確実にレンズは外に出ているものだから」

光学式の赤外線を照射することで隠されたレンズの位置が分かるそうだ。検索するのは舞台と客席、今回要警戒なのが楽屋や演者が使用するトイレなどだそうだ。

あ、そういえばさ、と探索装置を右手にまとめて二つ持ったままノートパソコンを睨んでいた魚崎が顔を上げた。

「浦川班長が昨日ダンサーの格好でおへそ出して歩いていたそうだよ」

「え、まさか。嘘ですよね？」

「いや本当だと思う。浦川さんは任務のためなら何でもするからね。僕は前に彼女がSMの女王様の姿で鞭《むち》を持ってたのを見たことがあるよ」と聞かされ、うわあと思った。

「元々並外れた美人だし、どんな服装でもちゃんと着こなせるからね。その上、声の出し方から動きに至るまで設定通りに徹底するんだよ。すごいよねえ」

素顔の香、つまりユウの警護はそうびに代わっている。まさかあの人がおへそを出すとは思わなかったが、香の隣に並んでも違和感のない格好ということでその選択になったのだろう。ちょっと見てみたいなと思ったが、そうさせている元凶の自分が興味本位で見に行くわけにもいかない。申し訳ないやら驚くやらで汗が出てきた。

香にもあの日以来会っていない。できれば先日の失態を謝りたいと思ったが、本日の配置を見ると、航太は徹頭徹尾、香には近づけないようになっている。これまた変装の名人である銀歩がどこに紛れ込んでいるのか分からないので、香の傍にはそうび以外誰も近寄らないよう申し合わせているのだ。

誰が仕掛けたものか、やはり楽屋に二つ、客席から五つのカメラが発見された。

「元々あったのもあるかも知れないけど、今回のために仕掛けられたと見るのが正解だろうね。やっぱり香さんは顔を隠してる分、こういう危険と隣り合わせということなんだろうね」と魚崎は渋い顔をしている。

今回はイベンター側の警備員も配置されるそうで、烈と一色が警備の責任者と打ち合わせをしている。その姿を横目に突然「おっ」と声を上げ、何かを見つけたらしく走り出した魚崎の後を慌てて追う。

見た目や優しい物腰からは想像しにくいが、実は魚崎は天才型のエンジニアらしい。本人もオタク体質だと言う通り、一つのことに熱中すると周りが見えなくなってしまうので、それを軌道修正するのも助手の仕事だった。

見つけたのは会場の壁にあいた小さな穴だ。ちょうど航太の頭辺りの高さだ。

「これはいいね」と呟くので何かと思ったら、ここにカメラを仕込めばステージ全体がきれいに撮れるというのだ。なるほど観客席から少し離れた通路部分なので人の頭が邪魔になることもなさそうだ。もちろんいいわけないので養生テープで塞ぐことになった。

ところで楽屋への入室には通常、バックステージパスというものが用意されている。裏がシールになったワッペン型のパスで、出演者やスタッフに配られる。これを衣服に貼ることで出入りが可能になるのだ。

しかし、これは同じ様式のものに日付とアーティスト名を書き入れるものなので、部外者が紛れ込む可能性がないとは言えない。そのため今回のみ使用可能なものを別途用意することになっていた。作ったのは魚崎班だ。

香のロゴがデザインされたカードとICタグをセットにしてネックストラップに入れたものを人数分用意し、入口で本人確認をしながら手渡している。出入りの際には一々、タグを読み取ることになっており、この任には奈良と緑色の髪を後ろで束ねた魚崎班の若手が当たっていた。

「いちいちうぜえな。香がナンボのもんか知んねえけどよ、ここまでやらなきゃなんねえのか」などと言うスタッフもいたが、奈良は「ああ、申し訳ございませんねぇ。事務所からのお願いですのでどうかご協力下さいませ」といつもの関西弁はどこへいったのか、王子様スマイルを浮かべて捌《さば》いている。ただし目が笑っていなくてちょっと怖かった。

休憩時間、魚崎と共に近くのカフェで昼食を取り、それぞれ午後に備える。魚崎はこれから本番スタート後も数回、カメラと盗聴器を探して巡回するそうだ。

「香」の楽屋入りは午後二時の予定だ。

まだ二時間もあるのに楽屋の入口近くには既に入り待ちらしい人々が散見された。おしゃれをした若い女の子が多い。彼女たちはイベンターによって追い払われているが、しばらくすると元の場所に戻ってくるようだ。

休憩後、航太の配置は外周に変わった。

先日のラジオ局の時と同じだ。「香」の楽屋入りに備えて周囲を警戒する役割だ。車を停めることができる公道から楽屋の入口までは八メートルほどの距離があり、そこはどうしても歩かなければならない。

一時五十分、航太のイヤホンから無線の声が流れてきた。

一色だ。打ち合わせの後、烈と彼は青山の事務所へ「香」と可也子を迎えに行っていた。

「マルタイ到着までおよそ十分」

「了解」口許《くちもと》を隠して短く答える。

いつの間にかライブハウスの入口を左右に挟む形でずらりとファンが並んでいる。百人近くいるだろう。大丈夫なのかこれ、と思ったが、イベンターや警備員が声を嗄《か》らして追い払ってもすぐに戻って来てしまうのだ。

結局、彼らはギャラリーをその場に座らせることにしたようだ。左右各三列に座らせ「アーティストが到着しても絶対に立たないように」とハンドマイクで叫んでいる。

「久遠君、そちらに異状はないですか？」

無線から聞こえてきた一色の声に現場の様子を報告すると、わずかに苦笑が聞こえた。

「承知しました。飛び出してくる人に警戒をするように」

え、そんな人いる？　と内心焦る。

角を曲がって、黒塗りの大型バンが姿を見せた。何故それと分かるのか、その瞬間、キャーと声が上がる。イベンターたちが左右の人たちを抑えるように立っている。花道みたいに開いたアスファルトの上で航太は緊張しながら周囲に目を配っていた。背後に車が停止するのをブレーキ音で確認したが、航太の仕事はそちらを見ることではない。

誰もが車から香が降りて来るのを固唾を呑んで待っていた。期待に目が輝き、胸の前で手を握りしめている人が何人も見える。涙ぐんでいる女の子の姿も見えた。ああ、香はこんなにも愛されているのだなと思った。

バンのスライドドアが開く。まず姿を見せたのは一色だった。今日の一色のスーツは濃紺だ。近くで見るとストライプが入っている。シャドーストライプといって、模様ではなく織り方でこう見せるものだそうだ。ネクタイは濃い茶色でこれまたよく見ると地模様があった。一色はスリーピースを好む人だが夏の間はさすがにそういうわけにはいかない。もちろん拳銃を取り出すためというわけではないが、ベルト部分に特殊警棒を携行しているため警護員は全員、不測の事態に備えてスーツの前ボタンを開けている。

そのため彼は光沢の控えめな銀のネクタイピンを付けていた。撫でつけた髪に細いフレームの眼鏡。どこかストイックな印象だ。

航太は別にスーツや小物に詳しいわけではない。ただ入社以来、烈と一色によって折に触れて教えられるので覚えてしまった。

一色の美貌に女性たちが息を呑んだのが分かる。

続いて運転席から烈が降り立ち、二人がドアを挟んで左右に立ち並ぶ形になった。烈は深いチャコールグレーの細身のスーツに濃紫のネクタイだ。彼にしては地味めなネクタイだと思ったが、近くでよく見ると細かいピンクの織り模様が入っている。烈の髪は色素が薄くふわりとした癖毛だ。長めの前髪を掻き上げると、どこからともなく声が上がった。

「何あのイケメンたち。モデル？」

「嘘でしょっ。かっこよすぎない⁉」

ざわめきが悲鳴に変わる。

微笑を浮かべた烈が車内に向かって騎士のように手を差し伸べる。その手を取って車外へ姿を見せたのは「香」だ。キャップを目深にかぶり、マスクをしているので顔はほとんど見えない。

「香っ」「香ちゃーん」とギャラリーから悲鳴が上がった。

「香」つまり杉山さんが一瞬立ち止まり、左右に向けて軽く手を振る。

その前後には烈と一色がつく。彼らはギャラリーから香を隠すようにして歩き、穏やかそうでいてその実油断のない視線を向けている。

後ろから可也子が続く。時間にしては一瞬だったが、航太はとても長く感じた。

「香ちゃん、超可愛かったー」

「イケメンにびっくりして香見れなかった」

「ってか何あれ。お姫様と従者？　すごすぎない？　さすが香」

楽屋口に彼らが姿を消すと、ギャラリーたちが声高に言い合いながら散っていった。

五分も経たない内に、あれだけいた人たちがスマホを見たり電話をしている数人を残して潮が引くみたいにいなくなってしまった。

航太はぶらぶらと外周を検索しているフリをしながら、駅から続くなだらかな坂道に目をやる。坂の途中でタクシーが停まり、黒い服を着た二人の人物がトランクの荷物を受け取っているのが見えた。二人は楽しそうに喋りながらこちらへ歩いてくる。

あれ？　と思う。ダンサーの格好をしてくるとばかり思っていたが、違うようだ。

黒のTシャツに黒のスキニー。二人とも同じような服装で、背の高い方は髪をポニーテールにし、もう一人はベリーショートだ。

二人とも肩から大きな鞄をかけて、手にはメイクボックスを持っている。

「おはようございます。メイクの者です」

航太の前を通る際、背の高い方の女性がわざわざそう言って頭を下げてくれた。

芸能界では昼でも夜でもおはようございますと言うのだそうだ。ユウに同行している間は友人の先輩後輩設定だったので、使うのは今日が初めてだ。ちょっと戸惑いながら返す。

「あ、はい……おはようございます。メイクスタッフの方ですね。楽屋口でパスを受け取って下さい。事前に聞いていると思いますが、ご本人確認のできる物をご用意いただけますか」

さっきから何人にも言っている案内だ。

「はーい。ありがとうございます。じゃユウ行《こ》こっか」

愛想良く言う女性に笑いそうになるのを堪える。魚崎が言っていたことがよく分かる。本当にすごいなと思った。普段の横柄さや愛想のなさがどこにもない。メイクもナチュラルメイク？　というのだろうか、とにかく普段と違うし、身のこなしまで違って見えるが彼女は紛れもなく浦川そうびだった。

ユウと呼ばれた香は航太にぺこりと頭を下げると楽屋口の方に向かう。思わず目で追いそうになり慌てて周囲に視線を転じた。

三時以降は配置が変わる。楽屋側の外周は奈良、航太の担当は観客の入場口前だ。

残念ながらライブを見ることは叶《かな》わなかった。ずっと外周の担当なのだ。リハーサルぐらいは見たかったが仕方がない。

開演は六時半の予定だ。全席指定だという話だが、開演の一時間前から客が並び始めた。観客の誰もが興奮を抑えきれない様子なのだ。それもそうかと思った。何しろこの空間でしか香の姿を見ることができないのだ。しかもこのライブハウスのキャパシティはわずか二千。本当に入手困難なチケットなのだ。

ごった返していた人々も開演十五分前には入場口に吸い込まれるようにして消えていった。残っているのは人待ち顔の数人と、音漏れを期待しているのかぶらぶらしている人たちだ。残り十分というところでタクシーや車からバラバラと降りてくる人が増えてきた。よく見ると航太でも知っている芸能人だったりした。

無線は繋がったままだが「開演」という烈の言葉を最後に静かになった。中の様子は分からないが、騒ぎが起こっているわけでもない。きっと問題なく進行しているのだろう。

そうびが傍にいることで、香の不安が和らぐならそれで良かったと思う。

さっきの二人はとても親しげで楽しそうだった。香の指名を受けながら途中で離脱する形になってしまったけれど、もしかすると航太なんかより経験豊富なそうびの方が、香の心のより深いところに近づけるのかも知れない。

物思いに耽《ふけ》っていると、ざわめきが聞こえてきた。入場口が開いて、観客が押し出されるように出て来る。こうして見ると、圧倒的におしゃれした女性が多い。その表情はどこかぼんやりしているようにも見えた。夢見心地とでもいうのだろうか。泣いている人も多い。あちこちで女の子が数人ずつ輪になって抱き合って泣いていた。

「すごかった。本当にすごかった」

「良かったよー。香、本当にすごい」

ぶわあっと何か熱い空気が、彼女たちの方から押し寄せてくるような気がした。

とりあえず航太の配置は終演と同時に変わる。再び楽屋口側の外周になるのだ。

「配置変更だ。航太、楽屋口を通って舞台袖の方へ向かってくれ」

え、中？　なんで？　と思った。

建物の外周を走り楽屋口から中に入る。

魚崎と緑の髪の人が出入管理をしているのに会釈をして走り抜けると、細い通路は楽器や機材を運ぶバックバンドの人たちでごった返していた。どうにか通り抜けたところで、自分が呼ばれた理由を理解した。

楽屋から伸びる通路を左に行くと舞台袖に出るが、正面の扉はロビーに繋がっている。

午前中、魚崎と何度か出入りしたが、ロビーの方から見ると、この扉の前にロープパーティションが置かれていて、部外者の立ち入りを禁じている。

扉を開けると、烈と一色がいて対応に追われているところだった。そこにいるほとんどが芸能人のようだ。テレビでよく見る女優やモデルたちらしい。烈に声をかけると、やれやれという顔でこちらを見る。

「皆さん香に会いたいと仰《おつしや》るんだが、そういうわけにいかないんでな」

「なんで会わせないんだ。わしを誰だと思ってるんだ」と高圧的な態度で怒鳴っている老人は大物映画プロデューサーだそうだ。

「どなたかと思えば松代《まつしろ》様ではございませんか。これは奇遇な。先日、高倉《たかくら》様主催のお茶会でお目にかかりました一色でございます」

一色がうやうやしく頭を下げている。

「お、おぉ……一色さんのご子息か」

「後日、また別の会で高倉様とお話しさせていただく機会がございまして。高倉様もあなた様の次回作に大変に期待なさっておいででしたが、はて？　今日はまたどのような御用向きでお越しいただいたのでしょう？」

気圧《けお》されたようになりながらも、プロデューサーはどうにか虚勢を張って言う。

「いや、あれですよ。この香という歌手にチャンスを与えてやろうと思いましてな、話をしに来たんだが会えないとの一点張りだ。まったく何を調子に乗っているのやら。最近の若い者は芸能界のしきたりを知らなくて困る。それで大きな顔をしているのだから呆れますよ。いつまでそれで通用すると思うのか」

一色は顔色一つ変えず微笑を浮かべ、さようでございましたかと頷いた。

「ですが松代様もご存じの通り、香はステージ以外では誰にも素顔を見せない決まりです。どなたから本日のチケットを入手されたのやら存じませんが、必ず事前にご説明申し上げているはずでございますが」

「それはそうだが、わしは松代ですよ。あなたからも何とか言ってやってもらえんかな」

無言で見つめる一色の迫力に、プロデューサーが黙る。

「秘すれば花なり、秘せずは花なるべからず」

威厳たっぷりに一色が口を開いた。

「よもやあなたほどの方がこの意味をお分かりにならないわけではありませんでしょう」

「う、うむ……。それはそうだが」

弱気になった相手に一色は美しく微笑む。

「かたじけのうございます。松代様にわざわざお運びいただいたことは必ず私より香に申し伝えましょう」

では頼みますよと老人は帰っていった。

「班長、少しだけ失礼致します」

そう言って一色が老人と談笑しながら出口へ誘導していくのを見送り、思わず烈と顔を見合わせてしまう。

「すご……」

「ああ、まったくだ。ああいう手合いは一色に任せるに限るな」

すごいのは一色だけではない。一色が老人の相手をしている間に烈が他の芸能人たちを全部帰していた。どの人も烈の説得に気を悪くした風もなく笑顔で帰っていく。烈は彼女たちから預かった差し入れを抱えているが、その全部に本人直筆で名前を書かせていた。それをイベンターに渡して、やれやれとハンカチを取り出し汗を拭っている。

「烈！　やった！　本当に烈がいるじゃん」

そう言いながら烈に向かって飛びついて来たのは芋川《いもかわ》ミキだ。

「何だ、君、来てたのかい」

彼女はユナイテッド４に警護を依頼してくる常連だ。特に脅威があるわけではなさそうだったが、買い物に出かける際など二時間単位で警護を依頼してくる。毎回、彼女が指名するのは烈と決まっていた。以前に一度だけ一色が担当したことがあるそうだが、歩き方、座り方はもちろん喋り方から箸の上げ下ろしまで、一色によるマナー教室と化したらしく、彼女は一色のことを小姑《こじゅうと》と呼んでいた。

ミニ丈のワンピースに厚底サンダル。カールした長い髪を小さな花が沢山ついたカチューシャで飾っている。ミキは十九歳。とても可愛らしいのだが、彼女は烈を指名し、安くはない代金を支払う。一種の推し活だと奈良が言っていた。

「もう、香最高だったよぉ」とぴょんぴょん跳ねながら烈に向かって本日のライブの感想を喋っている。

「ああ、今夜死んでもいいぐらい幸せ。あーなんで香の声ってこんなにいいんだろ。もうね、うち感動して、めっちゃ泣いた」

「そりゃ良かったな。しかし君、よくチケットが取れたな」

「パパに頼んで関係者席を回してもらったんだ。でもね、うち本当は今日のライブ、烈と観たかったんだよぉ。この感動を烈と二人で語り合いたかったあ。烈だってそう思うでしょ？　なのに予約を入れようと思ったら、烈は別件が入ってるって言われてさ、なんか西田《にしだ》とかいうおじさんなら手配できますが、とか言われてそっこー断ったよ」

西田といえば大園班のニシさんだ。つい烈と顔を見合わせて笑ってしまった。

「でもさあ、ホントびっくりしたー。二時過ぎにＳＮＳで香にイケメンボディガードがついてるって流れて来たんだよね。え、それってもしかして烈じゃね？　と思ったら案の定だもんね。いやあもうＳＮＳ大騒ぎだよ？」

「へえ、そうなのかい？」

ミキのスマホを見せてもらうと、確かに車を降りる際に香の手を取る烈や、彼女の前後を固める烈と一色の姿が映っている。

『イケメン、ひたすらイケメン、本当にイケメン』『さすが香、眼福です』などという書き込みが溢れているうえ、『香の傍にはべるイケメン過ぎるボディガードたち』なんてタイトルのまとめサイトまでできていた。

「これは削除依頼を出さないといけませんね」

後ろから覗き込んで言ったのは一色だ。

「うおお、小姑出現！」

ミキの呟きに一色がちらりと視線を流し、ミキが「ぎゃあ烈、助けてえ。ピーンチ」などと言いながら後ずさりしている。

しかし、ちょっと不思議な気がした。あそこにいたギャラリーたちはイベンターのハンドマイクによって厳重に撮影禁止を申し渡されていたし、航太が見ていた範囲ではスマホを構えているような人はいなかった。

「ま、いいんだがな。今回の任務はこれも込みなんだし」

確かに烈と一色に焦点が合っているので肝心の香の顔が見切れているものが多く、写っていてもキャップとマスクで誰だか分からない写真ばかりだ。これなら彼女が実は経理の杉山さんだとは分からないだろう。

「じゃあお嬢さん、僕は一足先に失礼させていただきますね」

少し離れたところからミキに向かって声をかけて来た男がいる。その人物を見て、ぎょっとした。マーケターの石神だ。

「はーい。失礼しまーす」

ミキがぺこりと頭を下げる。

石神はこちらにも会釈して去って行く。姿が見えなくなったところで烈が訊いた。

「何だ君、あの男と知り合いなのかい？」

「ううん、知らない。さっき席が隣だったんだよ。何かどっかの会社の人で誰だかにチケットを融通してもらったとか言ってた」

「ふうん……」烈は何か考えている。

さすがに気になった。

「でも、どうしてわざわざここまで挨拶に来られたんですか？」

「あっ見習い君、うちのことが気になってる？　あーでもごめんねえ。ミキは烈一筋だから」

「いえ、全然大丈夫です。お気遣いなく。そうじゃなくてですね……」

航太の反応が気に入らなかったらしく、ぷくっと頬を膨らませてミキが言う。

「あの人、ライブ始まる前にうちのスマホ覗いて、何見てるんですかって話しかけて来たんだよ。だからSNSでイケメンボディガードが話題になってるって教えてあげたの。そしたら画像見て、ユナイテッド4の方では？　つーから、そうだよー知ってるんですかあ？　って盛り上がったんよ。あの人も今度、ユナイテッド4の警護でメキシコ？だっけな。なんか外国に行くんだってさ」

一ヶ月の間に三回も会うとは偶然が過ぎるのではないかと思う。が、そのうち一回はユナイテッド4に打ち合わせに来たのだ。それを偶然とは言わないかと考え直した。

「じゃあ君、気をつけて帰れよ」

烈がミキに言っている。

ミキは「えーっ。烈が送ってくれたらいいのに」などと烈の腕に腕を絡めて言い募っていたが、一色に「芋川様、私どもは任務中でございます。すみやかにお引き取り下さい」と言われ、「だーかーらー、下の名前で呼んでって言ってるじゃん」と抗議をしながらも大人しく引き下がっていった。

航太も楽屋口側の外周に戻る。もう周囲に残っている人はほとんどいない。楽屋入りの時同様、出待ちをする人がいるのではないかと思っていたので意外だが、さっきミキに聞いた話によると、ライブの最後に香からこんな言葉があったそうだ。

『今夜のライブ、少しでもあなたの隣にいられたかな？　もしそうなら嬉しい』

上がった歓声と拍手に頭を下げて香は続けたのだと、ミキは思い出したらしく涙を浮かべながら声真似を続けた。

『私はこの通りステージの上でしかみんなに会えないんだ。寂しいけど分かって欲しい。だからどうか私のプライベートを詮索するようなことはしないで欲しい』とお願いがあったそうだ。ミキいわく「香にあんな風にお願いされてるのに香が嫌がることとするなんてそんなのファンじゃねえよ」だそうだ。

ギャラリーがいないので、帰りの警護は問題なく進みそうだと思ったが、少し気になることがあった。さっきから今にも泣き出しそうな顔で、うろうろしている女性がいるのだ。何か探している様子だ。前にもこんなことがあったなと思う。あの時は老女だったが、今回はせいぜい三十代の女性だ。まさか帰り道が分からなくなったわけではないだろう。何かなくしたのかも知れない。気にはなるが、とにかく香を無事帰路につかせなければならない。人が少なくなったとはいうものの前回のラジオ局とは違い、ここに香がいることを多くの人が知っているのだ。ライブ会場にいた人には香のお願いが有効だとしてもそれ以外の人間がやってこないとも限らない。最後まで気が抜けなかった。

一色が駐車場から車を回してきて楽屋入口の前の道路に横付けしている。烈と奈良にガードされながら「香」が姿を見せた。杉山さんだ。その後ろから可也子さんが車に乗り込む。車は彼女たちを乗せて問題なく走り出した。

機材の運び出しに交じって三々五々、スタッフが出てくる。やがて黒いTシャツ姿のメイク係二人が姿を見せた。彼女たちは駅の方でタクシーを拾うそうで、坂道を歩いて行く。

その時、声が聞こえてきた。

「乃亜《のあ》！　乃亜ちゃーん。乃亜ちゃん、どこ？　どこにいるの？」

さっきの女性だ。探しているのは犬か何かだろうかと思ったところで、ユウとそうびが顔を見合わせて何か言っているのが見えた。

そうびは首を振り止める素振りを見せたが、ユウはそれを振り切るようにして女性に声をかけている。そうだよなと思った。彼女は航太のことを優しいと言っていたが、彼女だってとても優しい人なのだ。

大丈夫なのかと心配になるが、今、自分が出て行くのもまずいかと思う。メイク係のユウが実は香だなんて誰も知らないはずだ。できれば早くタクシーに乗ってここから離れて欲しいが、多少立ち止まるぐらいなら問題ないだろう。そう思ったのに、あろうことかユウは走ってこちらに戻ってきて、メイクボックスを航太の足もとに置いた。

「え、どうしたんですか？」

「あのお母さんが子供を探してるんだって。僕たちも手伝うことにした」

そうびを見ると、彼女は一瞬苦い顔になったが、すぐに今回の設定である陽気なメイク係の表情に戻り、からっと明るい声を出した。

「もうっ、しょうがないなあ。いい？　君さあ、あんまり時間ないんだからね。ちょっとだけだよ。あ、警備さんすみませーん。この荷物預かってもらえます？」

そう言って自分の荷物も航太に押しつけると、既に走り出している香を追いかけていく。

マジかと思ったが、しょうがない。そうびに任せるしかないかと持ち場に戻る。

本当は「香」を乗せた車を見送った時点でこの配置は終了するのだが、本物の香、つまりユウがタクシーに乗るまで見届けなければならない。烈に、一般人には警護も警備も区別はつかないだろうから、そのまま機材を運び終えるまで警備のフリして立っていてユウを見送ったら適当なところで離脱していいと言われている。

「乃亜ちゃーん」

お母さんが応援を呼んだのか、通りすがりの人なのか、捜索の人数が増えてきた。

航太も放ってはおけなくて、メイクボックスを緑の髪の人に託し、そちらに出向く。

行き合った人に聞くと、乃亜ちゃんは五歳の女の子で、お母さんと近くのスーパーで買い物中に突然姿が見えなくなったそうだ。

時刻はもう十一時近い。乃亜ちゃんも心配だが、いくらそうびがついているとはいえこんな時間に香をうろうろさせるのが怖い。

オフィスビルやマンションが建ち並ぶ中、路上駐車の車の陰を確認しながら、彼女たちが向かった方向に走る。

スマホが震えた。

見るとそうびからメッセージが入っている。

「公園トイレ　一分以内に来い」

一分？　嘘だろと思いながら速度を上げる。ライブハウスから数百メートル行ったところに公園があった。角度的に厳しいもののぎりぎり望遠レンズで楽屋口を狙える位置なので、本日の警護計画の中で要警戒とされていた場所だ。都心にある中規模程度の公園だ。ここを境に商業ビルやオフィスの景色がマンションや住宅に変わる。どっしりした樹木が茂っているのが数ヶ所、後は見通しを良くするためか伐採された跡がある。子供向けの遊具にベンチが二ヶ所。どこにでもありそうな公園だが幹線道路からかなり入った場所にあり、この時間に人影はない。奥に公衆トイレがある。走り寄ると、中からそうびが顔を覗かせた。男子トイレだ。

「警備さん、こっち。早く来て下さい」

相変わらずメイク係のまま切羽詰まった声で言われ、慌てて中に走り込んだ。

男子トイレの個室の前にそうびとユウが立っている。震えている？　ガタガタと震えるユウの肩をそうびが抱き、腕をさすっているのが見えた。ユウは泣いているのか、ひぐっ、ひっと呼吸のしかたがおかしい。

一体中で何が？　瞬間的に最悪の状況を覚悟しながらも、そうびに場所を譲られる形で内部を覗き込んだ航太は息を呑んだ。

内開きの扉の陰、壁にもたれる形で小さな人影があった。ピンク色の服を着た女の子だ。ぐったりと目をつぶっている。

「え、乃亜ちゃん？」

焦りながら屈み込んで肩に触れると温かい。呼吸もしている。顔色も悪くない。

「大丈夫、その子は眠っているだけだ」

押し殺した声で短くそうびが言う。

ほっとして顔を上げた瞬間、便座の奥の壁に大きく文字が書かれているのに気づいてひゅっと声を失った。赤黒い文字、かすれ具合。血かと思った。そういえば個室中に生臭いような錆《さ》びたような臭いが充満している。斜めに書き殴ったような文字。最初は意味を読み取れなかったが、やがて気づいて総毛立つ。

『みいつけた』と書かれていた。

「久遠。発見時の状況はこれだ。十秒で頭に叩き込め」

そうびにスマホの画像を見せられ、悲鳴を上げそうになった。この現場の写真だ。子供の頭部から鼻孔の上辺りまでパンダのマスクがかぶせられている。どこか不気味な感じのするパンダだ。ちらと視線を移して床に放り出してある白黒の異物が剝いだそのマスクであることに気づき、理解した。発見したそうびが子供からマスクを剝がし、安否を確認したのだろう。

「お母さんたちに交じって乃亜ちゃんを捜索していたメイク係が応答のない当該個室の存在に気付き上部から覗いたところ、乃亜ちゃんを確認し鍵をこじ開けた。これが発見までの経緯だ。君は彼女らに後を託され警察と消防に通報した。以上、分かったな」

「承知しました」

普段の彼女の口調よりずいぶん速い速度の指令に頷き、「班長は？」と訊くと彼女を連れて離脱するとの答えが返ってきた。顧みたユウは真っ青で、うまく呼吸ができない様子だ。そうびがなだめながらユウの口許を押さえ、「ゆっくり息を吐いて」と促している。

「後は頼んだぞ。捜査協力が必要ならばのちほどU4から応じる。君はメイク係の行方は不明だと答えておけ」

そう言い残してユウを抱きかかえるようにして出て行く。苦しそうなユウの後ろ姿に痛みを感じながらも彼女にかける言葉を航太は持たなかった。先ほどからずっと動悸《どうき》が激しい。航太はふうと深呼吸をして自身を落ち着かせた。今はユウの心配よりも自分がやるべきことをやらなければならない。烈の携帯に短く伝言を残し、警察に通報した。ついで付近を捜索中の人二人を捕まえ状況を共有してもらい、子供を介抱しながらお母さんの到着を待つ。

まずパトロール中の自転車の巡査、続いて救急車やパトカーが続々到着し現場には規制線が張られ、付近は大騒ぎとなった。

第一発見者となった航太はパトカーに乗せられ所轄の警察署に連れて行かれた。

現在、調書を取られているところだ。刑事課のフロアの隅にあるこれは多分、取調室だ。狭い部屋、小さな机を挟み向かい合う形で椅子が置かれている。物置を兼ねているらしく、キャビネットの上に備品の入った段ボールや栄養ドリンクの箱が積み上げてあった。

ちょっとヤバいのでは？　と思う。もしかして自分は容疑者と目されているのではないかと思ったが、一般の目撃者などからも調書を取るのはここだと言われた。その割に、こちらに用意されたのは硬いパイプ椅子で刑事の椅子にはクッションがついているのは何故なんだと思う。

事情聴取は二時間に及んだ。とうに日付は変わり深夜一時を回っている。名前、職業、住所。何故あそこにいたのか。発見時の様子はどうだったのか。そして、今日の午後からの行動についてなどを訊かれた。これってアリバイを確認されているのでは？　と難しい顔をしていると、突然の闖入者《ちんにゅうしゃ》があった。

「やあ」

微笑しながら入って来たのは烈だ。夜中だというのにいつも通り華やかで一分の隙もない着こなしだ。殺風景な取調室にそぐわない超絶イケメンの登場に中年の刑事が目を丸くしている。

「えっ、獅子原さん？」

「ずいぶん遅い時間まで残業になっちまったな。はは、大丈夫だ。時間外手当は全額つくぜ。じゃ帰ろうか」

「え、いいんですか？」

聴取を担当していた刑事はまだまだ訊きたいことがありそうだったが、別の刑事に呼ばれ何事か耳打ちされ、渋い顔をして「ご協力ありがとうございました」と頭を下げた。

「すまなかったな。夜中だったんで警察に話を通すのに時間がかかってな」

そんなことできたんだと思いながら警察署の廊下を歩いている。と、すれ違った制服の若い警官が立ち止まり、こちらを見てくる。

「おっ。何か用かい？」

烈が訊くと彼は、あ、いやと言って行きかけたが、数歩歩くと引き返して来て言った。

「航太？　やっぱり望月《もちづき》航太だよな？」

「え……」

「覚えてない？　俺、長野でお前と同じ中学校だったんだけど。中留《なかどめ》だよ。中留大斗《だいと》」

望月というのは父の姓だ。航太は父の死後、母の旧姓である久遠姓を名乗っていた。

「あ、ああ。中留……？」

「ええっ何。俺、忘れられちゃってる感じ？　嘘だろ。俺たち結構仲良かったじゃないか。お前、お父さんの事件のあと急に転校しちゃったからさ、お別れも言えないままになっちゃったし。ずーっと気になってたんだよ」

まったく覚えていなかった。あの事件の時の同級生というなら当然だ。その前後の記憶がすっかり抜け落ちているのだから。

航太の動揺を見て取ったのか烈が言う。

「悪いが今度にしてもらっていいか？　彼は緊張を強いられる長時間の任務に加えて事情聴取で絞られてな。昼から何も食べてないんだ。そいつは俺も同じで腹が減って死にそうなんだ。これから食事に行くんでな」

あーっと中留が声を上げた。

「乃亜ちゃん誘拐事件の第一発見者って航太なのか。警護員って聞いたぜ。香のライブで警護してたんだろ？」

「あ、はい」

「んだよ、もう他人行儀だなあ」

ばしっと肩を叩かれた。多分、こいつは友人思いのいい奴《やつ》なんだろうなと内心思う。

と、中留が思い当たったような顔をした。

「あ、もしかしてお父さんの事件のこと気にしてるのか？　大丈夫だって。そんなことで偏見持ったりしねえよ。お前はお前じゃん。たとえ加害者家族だってさ、こうやってちゃんと警護員やれてんだもん。良かっ……」

「そこまでだ。中留巡査長」

中留の言葉を遮ったのは烈だ。制服の階級章を見てのことだと思うが、階級つきで呼ばれた中留がびくりとするのが分かった。ぞっとするほど冷たい声だなと、航太はどこか他人事《ひとごと》のように考えていた。

警察署近くの駐車場に停められていたのは黒のRX‐7。烈の愛車だ。烈に連れられ、住宅街の奥にひっそりと佇《たたず》む深夜営業の食堂で鯖《さば》の味噌煮《みそに》や豚汁、小松菜の小鉢に炊きたてつやつやのごはんといった見るからにおいしそうな定食を食べながら、航太はまったく味が分からないでいた。

加害者家族？　俺が？

父は加害者だったというのか？　まさか。

考えがぐるぐる回って頭を鈍らせていく。

カウンター席で隣に座った烈が店の主人と愉快そうに話をしている。絶版になっていた海外ミステリーの復刻についてとか何とか。

だが、航太は水の中に沈んでいるような気がした。隣にいるのに烈の声が遠い。見るもの、聞くものすべてに実感が伴わないのだ。

「香は大丈夫なんですか？」

店を出て車を運転している烈に訊くと、ああ、大丈夫だと返って来て少しほっとした。

「過呼吸を起こしたようだが、今は落ち着いて眠っているそうだ。まあ無理もないさ。扉開いて最初に見たのがあの血文字じゃな。衝撃を受けて当たり前だ」

烈のスマホにそうびから現場の写真が送られてきたらしい。

「まあ、そうびの姐さんがついてるから任せておけばいいさ」

そうだなと思った。もし今日、彼女に同行していたのが自分だったら、そうびのように冷静、的確に対応できたかどうか疑問だ。

そういう意味では自分ではなく、そうびで良かったと思ったが、まとまったことを考えようとしても考えられない。端から不安に塗りつぶされていくようなのだ。まるで砂漠に落ちた時計の文字盤を砂が覆っていくようだという気がした。

ダメだと思う。しっかりしないと。散々烈に迷惑をかけているのだ。これ以上はダメだ。あの公園のトイレで見た情景を思い出すと使命感が甦り、周囲のものが少しずつ輪郭を取り戻していく気がした。

「最初、あの血は乃亜ちゃんのものかと思って焦りました」

何事もなかったように言ってみる。

「そうだよな。でも、どうやら本物の人間の血だったらしいぜ。どうやって手に入れたのか知らないが、悪趣味な犯人だ」

「そういえば、『みいつけた』って、どういう意味だったんでしょうか」

乃亜ちゃんを、ということなのだろうか?

幸いなことに乃亜ちゃんは薬で眠らされていただけで他に危害は加えられていないそうだ。

「俺は乃亜ちゃんのことだとは考えていないが、じゃあ何のことだと聞かれるとそれも分からんな。単にそれらしいことを書きたかった中二病的犯行なのかも知れないしな」

だが、と烈は前を見据えた。

「俺たちの仕事は常に最悪のケースを想定しておく必要がある。俺は犯人が子供をさらったのは、香にあの光景を見せるのが目的だったんじゃないかとも考えている」

「まさか」

「可能性の一つさ。だが、警護対象者が自ら動いたとはいえ警護中に事件に巻き込まれ、現にショックを受けて過呼吸を起こしているんだ。君だって、俺たちが今回、何を護っていたのか忘れたわけじゃないだろう？」

「香の声……」

あっと思った。確かにそうだ。もしあれがライブの前に起こっていたとしたら香は過呼吸を起こして歌えなかった可能性が高い。

でも何故、香があのトイレに一番初めにたどり着くことになったのだろうか？　他の人が先に発見していてもおかしくはない気がする。

それについて、そうびから聞いたという内容を烈が説明してくれた。乃亜ちゃんが自らの足で歩いていて自分とはぐれたと信じたかったお母さんは、娘の姿を見失ったスーパーを中心とした商業地域を重点的に探していた。あの時点で捜索に加わっていたのは香とそうびを含めて五人、ほとんどが母親の訴える通りライブハウスから見た反対側を探していた。

「そんな中、香だけが真っ先に公園に向かって走って行ったそうだ」

何か思い当たることがあったということなのだろうか。

「もしかして香さんが恐れているのって……」

それが何なのかまったく分からないまま、この事件の裏には何か恐ろしく厄介なものが潜んでいるのではないかという気がした。

まったくの勘だったが、烈は頷く。

「ああ。できればそうは考えたくないが、本人が話そうとしない以上、違うとも断定できない。そうびの姐さんが何か聞き出してくれるといいんだが、なかなか難しいだろうな」

ふと、思い出したのはジャーナリストの長谷川銀歩だ。彼なら何かを知っているのではないかと思った。しかし彼に会うのは正直怖い。香のことだけではないのだ。航太自身のことも引きずり出されてしまうのではないか。考えると恐ろしくなる。

航太の住むアパート前で車が停まった。

烈はサイドブレーキを引いて、そのままフロントガラスを見ている。

ほい、着いたぜとか何とか、いつもの彼なら言いそうなものだが何も言わない。のろのろとシートベルトを外す。言いたくなくて、でもどうしても言わなければならない言葉を、航太はようやく口にした。

「俺は加害者家族だったんですか」

自分のことなのに烈に訊いてどうするんだと思いながら言う。

「ということになってるな」

「なってる……」

やはりそうだったのかと思いながら繰り返した。烈はハンドルの上で器用に頬杖をつくようにして身体ごとこちらを向く。

「フォローするわけじゃないが、正直なところ真相は分からない。君の父君の事件にはいまだに解けていない謎が多いんだ」

「獅子原さんは事件を知ってるんですね」

「ああ」

頷く烈に航太は天を仰いだ。見えるのはRX－7の天井だ。

「みんな知ってたんですか」

「まあ、少なくとも社長と俺の班、そうびの姐さんはな」

自分だけが知らなくて、大きな顔をして暮らしていたのかと思った。

「別に加害者家族だからといって、小さくなって生きる必要はないと俺は思うが」

「でも、父が加害者ならば被害者の人がいるわけですよね。その人に対して……」

そこまで言いかけて航太は口をつぐんだ。

被害者？　何の被害者？　まさか殺人か？　今更に思う。確かに加害者家族なんて言い方をする以上は重大な事件だと推測できる。

あの父が殺人犯だったというのか？

父は外科医だった。人の命を助ける仕事に誇りを持っていたはずだ。病院で待つ医者では助けられないことがあるから、災害や事件に巻き込まれた人を護って助ける最前線の仕事がしたいと、生まれ変わったら警察官になりたいと言っていたあの父が？

「大丈夫か君。真っ青だぜ」

気遣うように顔を覗き込む烈の視線から逃れたいと思ったが、狭い車内の助手席だ。逃げ場はない。もっと早く教えてくれれば良かったのに、と思う反面、航太の記憶の封印に関係している可能性も高いことだ。烈だって慎重にならざるを得なかっただろう。

「すみません……」

色んな意味で烈に対する申し訳なさを覚えたがうまく言葉が紡《つむ》げない。それだけ言った。

「君が謝ることはないし、先回りして言っておくが、俺たちはそんな理由で君に対する態度を変えたりしない」

ありがとうございますと頭を下げようとしたところで烈の手が伸びてきて止められた。

「当然のことだろ」

額をぽんと小突かれ、のけぞったところでぐしゃぐしゃと髪をかき回され、うわああとなったところで、はっとした。

「今、気がついたんですけど、俺が警察に受からなかったのってもしかしてこれが理由なんでしょうか？」

「ああ、そうかもな……。身内に犯罪者がいると警察官採用試験に差し支えるって話にどの程度の信憑性《しんぴょう》があるのかは知らんが、実際のところ君の父君の事件は社会的な影響が大きかった分、その可能性はある」

なんだ、そうだったのかと思うと、全身の力が抜けた。

「何度受験しても君が採用されることはない。どこの県警でも道府警でも同じだ」

銀髪の面接官の言葉が甦る。

自分はどうやら最初から受かるはずのない警察を一生懸命受験していたようだ。

馬鹿馬鹿しくなって笑い出してしまった。

「名誉回復」

突然投げられた烈の言葉に鞭打たれたみたいにびくりとした。

「もし、望月さんの名誉回復ができさえすれば――。俺はずっとそう思ってる」

「獅子原さん、もしかして父のことを知ってるんですか？」

おっ、と烈が声を上げる。答えはない。

ビルの向こうの空、赤く染まった雲の隙間から朝日が顔を出すのが見えた。キラキラ光る太陽に目を射られ、航太は眩しさに目を閉じた。

3

あの日からずっと動けないでいる。

不意に自分が誰なのか、何者なのか分からなくなる。歌が好きだった。だから歌う。でもそれは本当に私なのだろうか？　自分の耳に聞こえてくる歌声は本当は私のものではない気がする。じゃあ誰？　リカ？　スポットライトの光の洪水の中で歌っているのはリカ？　そうだったと思う。やっぱりそう。私なんかであっていいはずがない。

母が言う。

「あなたは歌うのね。お姉ちゃんはもう歌えないのに、なんて無神経なの。あなたの歌を聞くと吐き気がするわ」

その度にうまく呼吸ができなくて、声を出せなくなる。歌えない。もう歌えない。歌っちゃいけない。いえ、あなたは歌うのよ。それはあなたではなくて私なのだから。

あ、今のはリカの声だと思った。いつの間にかリカが自分の前に立って歌っている。

ああ、そうか。この歌声は私の喉から出ているものではなくてリカのものなのかと思った。そうだよ。うん、絶対にその方がいい。そうでないとおかしい。誰だってそう思うはず。私みたいに醜い声じゃなくてリカの方がいいに決まってるんだから、と思ったところで目が覚めた。

混沌《こんとん》。いつもこうだ。渦の中に引きずり込まれるようで、どこまでが現実でどこからが夢なのか分からなくなる。

姉は歌がうまかった。とてもきれいな声、天使の歌声だと言われ、両親の自慢だった。なのに私は違う。どこかかすれた低めの声。天使どころか醜いあひるの子みたいだと笑われた。そんな醜い声を、私は好きだよと褒めてくれたのは姉だけだった。

姉と一緒に歌を歌うと、美しい天使の声と重なって響き合う。その瞬間が好きだった。

その姉は――リカは、もういない。

ううん、違う。いると気づいた。私の後ろでうらめしそうに睨んでいるのはリカだ。

観客の歓声、光の中で歌が途切れる。

「違うでしょう。リカはこんな醜い声じゃなかった。このまがい物。あなたが死ねば良かった。なんであなたが生きてるの。お姉ちゃんは死んだのよ。もう歌えないんだから。もう声を聞けないのよ」

母という人から嗚咽《おえつ》と共に投げつけられた言葉を拾い上げ、私は呆然《ぼうぜん》と立ち尽くす。

不審げにざわついていた客席は、やがて真実に気づくだろう。そしてそれははっきりとした非難に変わる。

「帰れ、このまがい物。お前の歌なんか誰も求めてないんだ」

振り返ると小さな妹が泣いていた。

あれは侑香？　では私はリカ？

違う、違う違う。優秀な姉、可愛らしいお姉ちゃん。誰からも愛されていたリカはあの日、自分の身代わりになって死んだ。

どんなに頑張っても自分はリカの代わりになれなかった。好きな歌を歌ってもそれは自分の歌ではない。自分の醜い声ではどうしたってリカにはなれない。母の心は、姉が死に侑香が生き残った事実を受け入れることができなくて、ずっと亡霊みたいにさ迷っている。父は悲しみに耐えきれず心を病んだ。

誰も侑香を見なかった。リカを憐れみ、リカを懐かしみ、リカを殺した侑香を憎む。あなたさえいなければ、あの日あなたがあの公園に行きたいと誘わなければリカは死なずに済んだのだと。とげとげのついた言葉の束が鎖みたいになって侑香の首に巻き付いて呼吸を阻む。声が出ない。誰か助けて――。

気がつくと、目の前にパンダ男がいて、にやにや笑いながら侑香の首を絞めていた。

ああ、そうだ。これこそ自分に相応しい最期《さいご》だと思う。最初からそうなのだ。自分には何もない。自分は誰からも愛されない。愛されていいはずがないのだ。最期までそれはきっと変わらない。

「みぃつけた！」

嬉しげな鬼の声が聞こえる。ああっもうダメだと思った時、んぐうっと押し潰されたような悲鳴が上がった。

「見つけたぞーっ」

咆哮のように鬼が雄叫《おたけ》びを上げる。

鬼が何かを攫《さら》い走って行くのが見えた。

身を隠してくれる灌木から出るのには大変な勇気がいった。でも、行かなきゃ、何が起こったのか見なきゃと思って、震える手足を懸命に動かして道に転がり出た。

街灯の光に照らされ、鬼が抱えているのが姉だと知った。走って追いかける。角を曲がる鬼の横顔が見えた。鬼は人間の身体にパンダの顔をしていた。

獲物を抱えて鬼が向かったのはトイレだった。ここは人が来なくて危ないから使っちゃダメだと姉に教えられていた場所だ。

何かとても恐ろしいことが起こっている。

立ち尽くす侑香が見たのは壊れた人形みたいに蹂躙《じゅうりん》される姉の姿と床に投げ捨てられたパンダの仮面だった。笑顔だったはずのパンダの顔はぐにゃりといびつな形に歪んでいる。恐ろしい素顔を隠すために鬼はパンダのお面をかぶっていたのだと、侑香は知った。

あの時のパンダ男が自分のことを探しているかも知れない。ずっと不安だった。子供といえど顔を見られているのだ。

あの忌まわしい事件からもう十七年が経つがいまだに犯人は捕まっていない。当時五歳だった侑香の顔を犯人が今も覚えているとは考えにくかった。ほんの一瞬のことだったし、薄闇の中の出来事だ。なのに侑香はずっとパンダの影に怯えている。事件の翌月には遠く離れた東京へ引っ越し苗字《みようじ》も変わった。被害者の妹と知られると、あの時の目撃者であることを犯人に特定されてしまうと恐れた。

中学の時、音楽の先生に誘われてコーラス部に入ることになった。不思議だった。前髪を長く伸ばし人目を避けるようにして一人で行動する侑香をクラスメートたちはいないもののように扱っていたのに。それでも構わなかった。侑香には級友たちの言っていることが理解できなかったから。アイドルにも興味がないし、何とか君が好きとか、告白したとかされたとか、どこか別の世界のおとぎ話でも聞いているみたいに実感がない。

姉の事件以降、人前で歌を歌うことはなくなっていた。自分が本当に存在するのかどうか自分でもあやふやなのに、こんな透明人間みたいな生徒を何故コーラス部に誘うのだろうと思った。それでも歌い始めてみると楽しくて、姉に申し訳ないと思いながら歌った。

二年の春、コーラス部はコンクールに参加することになり、侑香はソロパートを任された。その頃、母は既に教団に入信していたけれど、嬉しくて報告した。そうしたら彼女は言ったのだ。

「あなたは歌うのね。お姉ちゃんはもう歌えないのに――」その言葉はくるくると空中を飛んで、とすんっと胸に突き刺さった。

それでも歌い遂げた。自分を信じてくれた先生や同じ目標を持つ仲間たち。みんなを思うとそうせざるを得なかったのだ。

コーラス部は全国コンクールで銀賞に輝いた。良かったね頑張ったもんねとみんなで言い合ったすぐ後、侑香は退部した。

母の脱会を巡って教団がニュースになった時、姉の事件が再注目された。母が犯罪被害者の家族だったことで、不幸につけこむ教団の勧誘方法が問題になり、同時に被害者家族への支援のあり方が議論になったのだ。

当時、既に家族は離散していた。姉の事件の後、父は鬱病を発症し働けなくなっていたし、当初は父を支えていた母もやがて教団の教義に救いを感じ活動にのめり込んだから、侑香を顧みる人はいなくなっていた。

侑香を預かってくれた父方の親戚は侑香が人前に出ることの危険性を案じていた。合唱コンクールの様子はテレビ中継されたのだ。危ないからもう止《や》めてと、叔母に泣きながら言われてしまっては従うほかなかった。

それでもやっぱり歌いたくてしょうがなくて、侑香は高校進学後、軽音楽部に入った。軽音は楽しかった。侑香はバンドでボーカルを務めていた。コーラスとは違い、他人と合わせる必要がない。自分らしい声、自分らしい歌い方ができた。

マイクに乗る声を自分で聞く度、もう歌えない姉のことを思い出す。それは痛みに変わる。姉に申し訳ないと思いながら、それでも歌うことが楽しくて歌い続けた。

ある日、自分で作った歌をおそるおそる披露した。笑われるかと思ったのに皆はまず驚いて、それから侑香の才能を褒めそやした。

褒められている間中、気持ちが落ち着かなかったけれど、嬉しかった。

同じバンドの一年先輩の男子に告白されて付き合うことになり、姉のことを思い出す痛みも薄れ始めた頃、それは起こった。

一年の秋、文化祭で侑香のバンドは目玉とされていた。間もなく出番だったのに見てしまった。どこかのクラスの出し物で使われたのを誰かが置き忘れたのだろう。体育館へ向かう渡り廊下の片隅に白黒の何かが落ちていた。それを見て、侑香は固まった。

「なんだこれ。パンダじゃん」

バンドの誰かが言った。そう。何の変哲もないパンダのマスクに過ぎない。だが、それを見た途端、侑香はひゅっと息を吞み込んだ。

「もぉいいかーい」鬼が呼ぶ。

慌てて振り返るが誰もいない。その瞬間、呼吸の仕方を忘れてしまったようだった。息ができない。身体全体を見えない何かで押し潰されているようだ。ひゅっひゅっと細かく空気を吸い込むが横隔膜が痙攣《けいれん》するだけで取り込めない。助けて。誰か助けて――。

手を伸ばしても何も摑めなかった。

きっと、このまま自分は死ぬ。首を絞められて殺された姉と同じように。仕方ないよ。だってあの時、死ぬべきだったのはリカじゃなく侑香の方だったんだから。

今、侑香の歌がみんなから褒められているのは何かの間違い、手違いだ。この場所にいるべきなのは本当は侑香じゃなくてリカなんだ。だってリカの声は美しいもの。天使の歌声。こんな濁ったような醜いあひるの子の自分であっていいはずがない。今までの楽しかった日々は全部運命を司《つかさど》る神様の手違い。私なんかがこんな風にみんなの中心にいるなんて、そんなの間違いに決まってるよ――。心の底から叫んだけれど、声は出なかった。

気がつくと、侑香は保健室のベッドの上にいて、バンドのみんなが心配そうにこちらを見ていた。

「良かった侑香、気がついたんだな」

彼氏だった人がそう言ったけれど、侑香は答えることができなかった。喉を掻きむしる。声が出ない。どんなに口をぱくぱく動かしても、振り絞っても、声が出なかった。

年が明けてしばらくして、ようやく少しずつ声が出せるようになった。でも、声帯が錆び付いたみたいに厭な音を立てて軋《きし》む。まるで断水していた水道みたいに、ちょろちょろと汚い声が漏れる感じだ。

ようやくまともに喋れるようになった時、心配してくれた彼氏にすべてを打ち明けた。心配だけじゃない。文化祭の舞台には結局みんな立てなかった。黙っていたのではとても許してもらえないと思ったからだ。

姉の事件のこと、母のこと、侑香のこれまでのことを全部聞いた彼氏は同情してくれた。

けど、完全に腰が引けてしまっているのが分かった。すごく分かりやすかった。

「気の毒だとは思うけど、ごめん。ちょっと受け止めきれないかも。ホントごめん。俺も来年受験だしさ」

「そうだよね……。うん、気にしないで平気」

そう答えた侑香の声は再び錆び付いたみたいに軋んでいた。

高校卒業と同時に親戚の家を出て、狭い1Kのアパートで一人暮らしを始めた。同時に侑香は髪を短く切った。美容師に頼んでベリーショートの限界に挑戦してもらった。パンキッシュな服装に、ピアスの穴も沢山開けた。過激なメイクをすれば、満員電車の中でも侑香の周囲だけ空間ができた。

何だ。もっと早くこうすれば良かったと思った。あの事件があった頃、姉も侑香も母の趣味で長い髪をしてフリルのついた服を着ていた。もし、あの時にこんな格好だったら鬼に目をつけられることもなかったのだろうかと考えてみる。それで結果が変わったかどうかは分からないけれど。

男の子と思われれば犯人に気づかれる危険も減る。そう思ったのもあるけど、尖った格好にはもう一つ、いいことがあった。

性別不明で過激な姿でいれば、みんな怖がって寄ってこない。彼氏とか友達とか、そんな面倒くさいもの最初からいらない。誰も僕の内面に踏み込んでくるなと、睨みつけるようにして過ごした。

高校の時はこんなことできなかった。

逃げたつもりなのに逃げ切れない。気がつくと誰かが侑香のことを知っているんだ。あの子はあの惨殺された少女の事件の生き残りだ、被害者家族だと誰かが指をさす。同情されることを侑香は何とも思わなかった。子供の頃は、かわいそうにと涙を流されることに違和感を覚えていた。なんでだろうと思うよね。殺されたのは姉のリカで侑香じゃない。なんでみんな侑香を憐れむのだろうと不思議だった。

もしかして自分がこうして生き残ったことをかわいそうだと言っている？　ある日気がついて、そうだったんだと納得した。

もちろん中には本心から同情してくれている人もいたと思う。でも、大抵の人がかわいそうにと涙を流す言葉の裏に隠しがたい好奇心を覗かせていた。

高校でバンドを始めて侑香は派手になったらしい。髪型やメイクを叔母に咎められることが何度かあった。叔母の言葉は世間の目に気をつかってのものだと知った。

「あの子がそうなの？　へえ、ちょっとイメージが違うわ。もっと大人しい感じなのかと思ってたのに」

その言葉を口にしたのが誰か知らない。

叔母の家を訪ねてきた誰か。

その言葉、ずっと前にも聞いた覚えがあるやと思い出した。小学校の運動会の時だ。

侑香はクラスで踊るダンスの練習を一生懸命した。体育の授業の中でダンスが一番好きだったから。運動会当日、遠くに引っ越していたはずなのに、やはり侑香はかわいそうな被害者家族として好奇の目にさらされていた。

故意か過失か知らないが、インターネットの掲示板に画像が出回った。目もとは隠してあったけど、知っている人が見れば十分に誰だか分かるもの。ダンスの課題曲に合わせてみんなでメイクをしてちょっと過激な衣装を着ていたのが中傷された。

「何だ、元気そうじゃん」

「へえ、意外と活発？」

「小学生でこの格好？　ちょっと見方変わるよね。もしかして殺されたお姉ちゃんもそういう感じだった？」

「結局、親もそういう人ってことでしょ」

「なんかさ、こう言っちゃ悪いけど、やっぱり殺される側にも問題あるのかなって」

　被害者家族は何年経っても被害者家族を脱することができないのだろうかと思う。しおらしく、地味な姿で悲しみに耐えていなければいけないのだろうか。

　中学の前髪ほどではないけど、高校の時も侑香は髪を長く伸ばしていた。学校ではサインを出さないとうっかり事故に遭うから。私は誰とも深く知り合うつもりはありません。できれば私に話しかけないでもらえます？

　長い髪はカーテンみたいだ。あれ良かったよ。顔をじろじろ見られてもカーテンで隠れてるし、カーテンに阻まれて誰も中に入ってこないから。ここでは大丈夫だと思ったら少しカーテンを開ければいい。

　卒業してベリーショートにした瞬間、世界がよく見えた。多分、昨日までの息苦しい世界と何も変わっていないと思うけど。

ここから先は何をやるにも全部自分の責任だ。ちゃんと前を見て歩いて行かないと。そう思った瞬間、侑香の中にざあっと立ち上がったのは激しい怒りだった。何もかもに腹が立った。自分を抑圧してきたすべてのものに対する憤りだ。

侑香は「香」と名乗って路上で歌うようになった。ありったけの怒りをぶつけ、吐き出すように歌った。最初は足を止めた人も、みんな、うへえと言いながら去って行く。それでいいよと思った。自分に似合いの反応だ。

可也子さんと出会った時だって、最初は反発しか感じなかった。「あんたの言いたいこと、よく分かる」なんて言われても、そんなわけあるかと思った。世界を掴む？　そんなこと自分にできるわけないじゃん。だって、だって、本当は人の前で歌っているのは私じゃない。お姉ちゃんなんだ——。そう言って尻込みする髪の長かった自分がいる。死ねよ、お前が、と思った。怒りを向けるべきは世間でも何でもなかった。そいつだ。悪いのは全部そいつ、侑香だ。侑香に対する怒りを原動力に、香は可也子さんと二人で世界に立ち向かうことに決めた。

いつからだっただろう。メッセージが来るようになっていた。香の公式のものではなく、プライベートの方だ。ごく一部の人しか知らないはずなのに、ある日、正体不明の誰かからメッセージが来るようになった。

送り主は正義の味方を名乗っていた。

恥ずかしくないの？　が最初の感想だ。その次に来たのは戸惑い。姉、事件のあった公園の名前。次のメッセージは『お姉さんを殺《あや》めた犯人を知りたくないですか？』

いたずらだと思った。そんなのが分かるならとっくに警察が逮捕している。続いて香の心中を先読みしたようなメッセージが届く。

『犯人を警察に知らせても多分、逮捕はされないので、あなたにお知らせしています』

さすがに黙っていられなくてメッセージを返した。

『誰か知らないけど、これ以上、何か送ってきたら警察に通報する』

『いたずらじゃないですよ。当方、正義の味方。あんな非道な犯人が野放しになってるのが許せないだけ。断じてあなたに何か見返りを求めるものではないのでご心配なく。ただ、犯人に思い知らせてやりたいだけです』

『私に言われても何もできない。犯人に思い知らせることはできないと思う』

そう返しながら落ち着かない気分でいる。本当にこの送り主は犯人を知っているのだろうか？　どうしても気になって、相手の返信を待たずに重ねて送る。

『警察が逮捕しないのはなぜ？』

返答次第で相手をブロックしようと思っていた。何度もそうしようと思いながら何かひっかかるものがあってできずにいたのだ。

『末端の警察ではこの犯人には手を出せないからです』

嘘だと思った。そんな馬鹿なことがあるわけない。考えているうちに次が来た。

『そんなことがあっていいと思いますか？　あなたがこの十七年間どれほど苦しんだか、当方は想像するほかないですが、並大抵のものではなかったですよね。それなのに犯人は今、この瞬間も素知らぬ顔で幸せな家庭生活を送っているんです』

『家庭生活？』

思わず返した。あんなことをする獣のような男に家庭があるっていうの？

『あの男が現在持つもの　地位、金、美しい妻、あなたと同じ年の双子の女の子』

『そんなわけない。それじゃ犯人は自分の娘と同じような年の子を殺したことになる』

そんな人間がいるとは思えなかった。

『そうです。何故そんなことができたかというと、その犯人にとってあれは自分の犯罪コレクションの一つに過ぎなかったから』

『？』

『ここまで知ったからにはあなたもこちら側の人間と見なしましょう』

ぞくりとした。だが、ここで引くことはもうできない。スマホの画面にメッセージが次々現れ画面を埋め尽くしていく。

『ならば明かしましょう』『当方は正義の味方』『別名加害者ハンターと呼ばれています。聞いたことがあるのではないですか？』

加害者ハンター。聞いたことがある。

だが、返事をするのをためらった。

『信じる信じないはあなた次第ですが、当方は二年間、様々な角度から検証してきました。その結果、分かったのは犯人が連続殺人犯であること。すべての事件が未解決です。共通点は何もない、一見は。だが当方には見えてきた。あの男が何故こんなことをしたのかが』

　こんなの無視して、何も聞かなかったことにした方がいいよ。そう思うのにスマホを伏せた瞬間から、先ほど読んだ文字列が気になって仕方なくなる。

　加害者ハンターについて検索してみる。

　――正体不明の義賊。単独なのか、複数なのかさえ不明。警察が解決できない事件を独自に調査し、加害者を処罰する。また法で裁かれない犯人、姑息《こそく》な手段で刑罰を逃れた犯人に対し鉄槌《てっつい》を下すことで、庶民の処罰感情を代行する。彼らの行動自体が犯罪ながら、一部の人たちから熱狂的な支持を集めている――

　本当に？　本当にあの鬼の正体を知っている？　あの男は何故あんなことをしたの？

『何故なの？』

返って来た答えは衝撃的なものだった。

『もちろん男が生来持つ嗜虐性《しぎゃくせい》や欲望と無縁ではないでしょう。だけど、もっとも大きいのは知恵比べです』

『知恵比べ？』

『そう。犯人像がまるで違う四つの殺人事件。起こった場所も殺しの手口もまるで統一性がない。若い女性を細かく切り刻んだかと思うと、次は札付きの不良といわれていた少年、そして屈強な男。どれも他に有力な容疑者がいて、逮捕に至ったものもある。結局、不起訴になったものの冤罪《えんざい》一歩手前ですよ。犯人の巧みな誘導のせいか、捜査側に何らかの恣意があったものか』

『四件目の被害者は七歳の少女、あなたのお姉さんですね。これはどう考えても変質者のしわざだ。もっとも衝動的な犯行の割に遺留品一つ出ないし体液さえ検出されないのはおかしいと言われていながら、警察は地道に付近の変質者を洗っていた』

『いずれにしてもこの四件全部が同一犯とは誰も思いもしなかった。警察を出し抜いてプロファイリング通りの犯人像を演じて別の誰かに罪を着せ、男は万能感に酔う』

『つまりヤツは傲岸不遜な自己顕示欲のために様々な犯罪を模倣してきたんです』

自己顕示欲？　そんなことのために姉は殺され、幸せだった家庭が壊されたの？　自分は十七年もの間、犯人の影に怯え、抑圧された日々を送ってきたというのか？

『あなたが有名になったことで、犯人はあなたの命を狙っています』

香は言葉を失った。これが本当ならば自分は既に正体を知られていることになる。犯人にも、そしてこの「加害者ハンター」にも。

顔を出さないでいることで当面の危険は回避できていると思っていた。もちろんライブを観に来ればすぐに素顔は割れるだろう。でも、五歳の侑香と現在の香が一目見て結びつくものだろうか？　第一、あの男は姉の事件の時、少なくとも成人だった。香はまだ幼すぎて年齢なんて分からなかったが、少なくとも当時の父より年上、祖父よりは下だと感じた。そんな年齢の人間が香に興味を持つとは思えない。ましてライブに来るなんてあり得ない。でも、と思う。もし自分と同じ年齢の娘がいるのなら見聞きする可能性が一気に大きくなる。

『香を殺すのは、犯罪コレクションに加えるため？』自虐的に問う。

すぐに『違う』と返ってきた。

『あなたのお姉さんの事件は一連の事件の最後でした。彼はあの事件を唯一の失敗と考えていると推測されます』

当時は今ほど防犯カメラの数が多くなく、あの公園は死角だらけだったと聞いたことがある。さらに犯人は周到で証拠を一切残さなかった。ならば失敗といえないのではないかと反論したかったが、その間に来たメッセージにその問いは無意味だと知る。

『あなたという目撃者。その存在が瑕疵《かし》なのです。輝かしい犯罪コレクションについた唯一の傷。彼は理不尽な怒りを持て余していると推察します』

『そんな勝手な話ないよ』

冗談じゃないと思った。こっちがどんな思いでここまで生きてきたと思っているのか。そんな身勝手な自己顕示欲のために自分が狙われているなんて、自分も姉も両親も、二重にも三重にも貶《おとし》められていると思った。

『あなたが怒るのも無理はない。当方も怒っています。どうですか。犯人に思い知らせてやる気になりましたか?』その申し出に、すぐにはいとは答えられなかった。

『何をすればいい?』

『復讐』その二文字を見た時、ぐるりと目の前が回った気がした。慌てて摑んだ自室の棚がガタガタと音を立て、ピアススタンドが倒れた。色とりどりのピアスが散らばる。悲しかった。

『もちろん、あなたの立場では即答はできないでしょう。ですがもう一度警告します。犯人はあなたの命を狙っています』

『なんで? なんで? なんで?』

どうしようもなく腹が立った。

『こんな理不尽な犯人にむざむざやられるつもりですか？　そうじゃないでしょう。あなたはそんな弱い人間じゃないはずだ。あなたの十七年間の苦しみを今こそ犯人に思い知らせるべきだ。当方はあなたを全力で手伝う用意があります』

加害者ハンターは巧みに誘う。犯人は法で裁かれないし、捕まりもしない。

ではどうするのか？　香の立場を利用し、その男の社会的地位、何らかの力によって不当に守られ、その庇護のもと、安住している男の仮面を剝ぎ取ればいいというのだ。

『もちろん当方もできる限りのことはしますが、どうしてもあなたの身を危険にさらしてしまう。そこはご容赦下さい』

香は悟った。犯人と刺し違える覚悟を決めなければならない。

もしここで自分が死んだら、それなりの伝説になるのではないかと思う程度の自負がある。もしかすると可也子さんの野望を実現するための最後のピースはこれかも知れない。

だけど、やっぱり怖かった。気取られないよう気をつけていたつもりだったのに、言動が不安定になっていたのか。可也子さんは異常を感じているようだった。

「香の声にボディガードをつけることにした」

寝耳に水の話で驚いた。

「なんでいきなり？　は？　声？」

かつて高校の時に自分が声を失った話を可也子さんにした覚えはなかったし、そんな不安を口にしたこともないはずだ。

「あんたの声は世界中であんたにしか出せない。かけられるものなら何億円の保険をかけたっていいと思う」

その代わりに、ユナイテッド4という身辺警護専門の会社に依頼するというのだ。

「いらない。僕は」

「これは宣伝。その会社にはイケメンボディガードばかりの部署があるらしい」

何それと思った。でも宣伝だというなら別にいいかと考えた。表の「香」は杉山さんが演じるのだ。そっちを護ってもらえばいい。

自分は自分で今まで通りやるだけだ。身辺警護の名目でプライベートにずかずかと踏み込まれたくはなかった。

万が一、加害者ハンターとやり取りしていることを知られたら計画が台無しだ。

加害者ハンターからは日々、犯人の動静とこの先の計画が送られて来ている。

分かっている。この復讐をやり遂げなければ本当の意味で自分の未来は来ない。どれだけ成功したって、いつ目の前にパンダが現れるのかと怯え続けなければならないのだ。

でも、一人になるとどうしようもなく怖くなる。

そんな時、彼を見た。久遠航太。優しい人。もしかして彼なら香の本当の姿を知っても呆れずにいてくれるかも知れないと思った。

ひとときの夢に過ぎないと分かっていた。けれど、彼と二人でいる時間は優しくて穏やかで、どこかに置き去りにしてしまった本当の自分を思い出せるような気がした。

彼はとても真面目だ。香の声を護ろうと懸命になってくれた。でも、ダメだ。これ以上は彼を危険にさらしてしまう。

気になっていることがあった。教団の建物を見に行った際、長谷川銀歩に出会ってしまった。母の脱会を企てた時に銀歩が尽力してくれたのは事実だ。他のマスコミから侑香たちのプライバシーを守ろうとしてくれたことも知っている。だけど、今、銀歩に会うのは危険すぎた。

加害者ハンターが言った。パンダ男が逮捕されないのは「X」と関係がある、と。

『X？』

返って来たのは信じられないような答えだった。

『ジャーナリストの長谷川銀歩をご存じですか？　彼は表面上脱会活動や教団の監視を行っていることになっていますが、彼が長年追っているものは他にあります。それこそがXと教団の関係です』

その話に近いものを母の脱会騒ぎの時に侑香は銀歩本人から聞いた覚えがあった。

「X」が一体何者なのか香は知らないし、銀歩も明らかにはしなかった。だが、彼は他の家族の子供たちを含めた何人かに向けてこう言ったのだ。

『この全容を明らかにすることができれば教団だけじゃなくて、政権にも、いやこの国を牛耳っている腐敗しきった中枢に大打撃を与えることになると思うんです。アタシが生きている間にできるかどうか分からないですよ。何しろアタシは見ての通り変人扱いされるばっかりで、世の中、誰も相手にしてくれやしないからね』

自虐的に笑って彼は続けた。

『強大な敵に立ち向かうドン・キホーテみたいなものかも知れないね。でもね、若い皆さんはどうかこのことを忘れないでいて欲しいんです。いつか必ず正義が勝利する日が来るんだとアタシは信じてますから』

中学生だった侑香には難しく完全に理解できていたとは言い難かったが、あの人が何かとてつもなく大きなものと闘っているらしいこと、その背後には母を奪った教団が関わっているらしいことだけは分かった。

一度奪還に成功したかのように見えた母は、自ら希望して再び教団に戻ってしまった。虚しさだけが残っていた頃の話だ。

銀歩は今でもドン・キホーテを続けているらしい。そんな彼に今、接触してはいけないと思った。パンダ男とXに繋がりがあるならば、香がしようとしていることをどこで銀歩に嗅ぎ付けられてしまうか分からない。

もう一つ気になるのが、彼、久遠航太が銀歩と対峙《たいじ》した際の反応だった。

航太は香を追ってこなかった。別に追いかけてくれるのを待っていたわけではないけど、一緒に行きますと言ったのだ。誠実な彼の性格からは考えられなくて心配になった。

浦川そうびにそれとなく訊ねると、彼女らしくもない歯切れの悪い答えが返って来た。

「理由はよく分からないが、久遠は銀歩を見て具合が悪くなったらしい」

それまで普通に元気そうだったのに？　銀歩の顔を見た途端に気分が悪くなるなんて、ちょっと不自然じゃないかという気がした。その後、元気にしてるのかな？　ずっと気になっている。

ライブ会場で彼の姿を見かけた。話をしたかったけど、そうびに「私たちは今日はメイク係です。警護員とは面識がないことになりますので気をつけて」と釘《くぎ》を刺されていたからそのままだ。

ライブの後、あの事件が起こった。乃亜ちゃんという子供が行方不明と聞いて、フラッシュバックしたのはパニック状態で行方不明の姉を探す母の姿だった。侑香は自分のしでかしたことがあまりに恐ろしく、泣きじゃくるばかりでトイレで何が起こったのかを伝えることができなかったのだ。

乃亜ちゃんの居場所と聞いて真っ先にトイレが思い浮かんだ。

そこで見た光景は一ヶ月経った今でも目に焼き付いて消えない。

『みいつけた』

血で書かれた文字。幼い子供にかぶせられたパンダのマスク。もう間違いようがなかった。犯人だ。犯人から香へのメッセージだった。

あの時、航太がいたなと今になって気がついた。でも、呼吸ができなくなった。苦しくて窒息して死ぬんじゃないかと取り乱して話ができなかったことを残念に思う。もう一度だけでも会えるといいなと考える。

香は身辺の整理を始めた。同じマンションに住む可也子さんが訪れることがあるので、それとは分からないよう少しずつ不要の物を処分し、いつ何が起こってもいいように手紙を書いた。もし、自分が死んだらきっと彼女はこれを見つけるだろう。

世界を摑む夢、結局手が届かなくてごめん。

でも僕は後悔していない――と書いた。

もう大丈夫だと思った。一人で行く。

怖くないといえばそれは嘘だけど、誰も巻き込みたくなかった。大丈夫、最初に戻っただけだ。最初から一人だったのだ。顔を隠すカーテンのような長い髪はないけど、自分はまっすぐ前を向いて行く。少しだけ彼の優しさに触れた。それだけで十分だと思った。

◆

ＳＮＳから始まった「香を護るイケメンボディガード」の話題は週刊誌、ついにはテレビで取りあげられるようになっていた。

当然、香の説明から始まるわけで、その都度たぐいまれな歌唱力の持ち主と紹介されている。あんまりスキャンダラスな扱いはどうなのかと思わないでもなかったが、可也子の目論見《もくろみ》通りにお茶の間の隅々にまで香のことが浸透しつつあるようだった。これまで配信など利用したことのない中高年層までもが、曲のダウンロードを始めたという話題も出ている。

十月になった。今月の中旬に大阪で香のライブが予定されている。当然、大阪まで同行することになるし、警護計画を作るためには大阪へ下見に出かける必要があった。新大阪駅から宿泊ホテルまでのルート、そこからライブの行われる海辺のライブハウスまでのルート、そして会場の下見だ。

その矢先、香が警護を断って来たと聞いて、航太は思わず座っていた会議室の椅子を蹴って立ち上がった。

「なっ、なんでですか？」

まず思ったのは自分のふがいなさだ。教団の前で銀歩に出会った際、航太は警護対象である香を追いかけることができなかった。

「俺が……あ、いや私のせいで」

「違うだろうな」

愛想のかけらもない声で言ったのはそうびだ。彼女は昨日までユウと行動を共にしていた。ユナイテッド4との契約を解除したいというのも可也子さんではなくて、ユウが内々にそうびに相談して来たものだそうだ。

「十中八九、彼女は何か企《たくら》んでいる」

「そりゃまたどういった方向でだい？」

烈が興味深そうに訊くのを耳にしながら、いても立ってもいられなくなった。

「浦川班長、今、ユウさんはどこに？」

「今日はオフらしい。家の掃除をするとのことで同行はなしだ」

飛び出そうとする航太の腕を一色が摑んだ。意外に力強くてはっとする。

「お待ちなさい久遠君。まさか彼女の許を訪ねるつもりではないでしょうね」

そのまさかだ。

「許可できません。勝手な行動は慎みなさい」

一色を見ると彼もまた悲しげな顔をしていた。気がついてしまうと何も言えなくなる。

「あーそれだが最後に久遠に会えるなら会いたいと言っていた。家を訪ねるのはさすがにまずいがどこかで会ってみたらどうだ」

そうびの言葉を受けスマホに飛びついたのは言うまでもない。

香が待ち合わせに指定してきたのは青山霊園だった。

「え、霊園？　お墓？」

廊下での通話を終え、思わず呟くと、通りすがりの烈が「墓ってのはいずれ誰もが行く道を具現化しているものだからな。思索を深めるにはいい場所さ」などと澄まして言いながら航太の肩を叩いていった。

桜並木がわずかに色づき始めている。少し柔らかい午後の日ざしの中、黄みを帯び始めた葉っぱを見上げて歩きながら話をした。空は青い。薄い雲が筆で掃いたようだ。

「あの、ユウ先輩。先日はすみませんでした」

ようやく謝れてほっとした航太に、いつものブルーベリーガムを噛んでいた香は横を向いて、ふふっと笑った。

「あの……？」

「あ、ごめんごめん。やっぱり先輩なんだなってなんかおかしくなったんだ」

香が続ける。

「でももう先輩後輩ごっこもお終《しま》い。僕はこれから、可也子さんに頼んで君の会社との契約を解除してもらうつもりだ」

やっぱりそうなんだなと思った。

「理由を教えていただけますか？　俺が至らなかったからでしょうか」

「まさか。そんなわけないじゃん。僕の都合。ごめんね。ちゃんと皆さんにはよくしてもらったって言うから安心して」

香の表情がどこか寂しげというか儚いものに思えて、航太は首を振った。

「そうじゃなくて……えーと、本当にそれで大丈夫なんですか？」

香の表情が曇った気がした。彼女は誰か知らない人の墓をじっと眺めている。

「あの乃亜ちゃんの事件の時、俺はすごく焦りました。もしかしてあなたが声を失ったんじゃないかと思って」

隣を歩く香がびくりとしたのが分かった。動揺を飲みこんで、素知らぬ顔を装うみたいに彼女が言う。

「聞いていいか？　なんでそう思ったの？」

「え、それは……何となく？」

そもそも声を護る依頼だったからだが、もの言いたげな香の表情を見るとやはり何かあるのだと思った。

「もしかして全然違うかも知れないですけど、俺もずっと悪夢を見ていて、いや、それだけじゃなくて、何かを見ると発作みたいになって立ってられなくなることがあるんです」

香が首を傾げる。

「もしかして銀歩さんに会った時がそうだったってこと？」

「そうです。俺は何か大事なことを忘れていて、それを思い出そうとすると頭痛がして、気を失いそうになる。ごめんなさい、本当は俺、こんな半人前なのにあなたを護る資格なんてなかったんです」

頭を下げる航太に香が何かに思い当たったように眉を寄せた。ガムを噛むのを忘れたかのように口の動きが止まっている。

「もしかすると、僕らはすごく似てるのかも知れない」

そう言って香は話してくれた。

彼女の本名は銀歩が呼んだ通り侑香であること。彼女のお姉さんの事件について、お母さんのこと。そして彼女がこれまで味わってきた孤独や苦しみ、すべてを聞いた。

思った以上に重いものを彼女が一人で抱えていたことに絶句する。痛ましく思う反面、申し訳ないと思いながらも嬉しかった。今までカーテンの後ろ側に隠されていた本来の彼女に少し近づけたような気がしたのだ。

いや、でもちょっと待ってくれ——。

あることに気づき航太は愕然《がくぜん》とした。

彼女は被害者家族だ。対する自分は実際のところはどうあれ、対外的には加害者家族なのだ。似ているようでいて真逆の存在だった。

そして、もっとも重要な違いがあることに気づいて、やっぱり自分じゃダメだと思う。ユウ、というか香、あるいは侑香だろうか。彼女は十七年間苦しみ続けて来たのだ。対して自分はどうだ。肝心なことを全部忘れてしまって、気楽にとまでは言わないが、それなりに平穏に暮らして来たのだ。

一瞬でも彼女の苦悩を理解できたような気になったことを恥じる。いや、でもせめて――。自分にできることをしたいと思った。

消音にしていなかった香のスマホが鳴る。画面を見た一瞬、香の表情がすっと変わった。

怒りのような諦めのような？

あっと思った。そうびが言っていた。ユウが何かを企んでいると彼女が考えたのはSNSを見る香の反応からだというのだ。もちろん画面を覗くわけにはいかないので内容は分からないが、香はしょっちゅうラインを見ているというのだ。

若い子には珍しいことじゃないだろ？　と言う烈にそうびは首を振った。

「当人が気づいているかどうか知らんが、存外彼女は顔に出る。分かりやすいんだ」

さらにそうびは言ったのだ。

「彼女がやりとりしている相手が誰かは分からんが、楽しい会話を交わしてるんじゃないことだけは確かだ」

航太はどうしたものかと思った。そうびが訊いても香は何も答えなかったそうだ。

普段はあんなだが、そうびは人間心理に精通している。彼女が本気になったらどんな相手からでも情報を引き出すことができるのだと、前に奈良が震えながら言っていたことがあった。なら、なんで香から聞き出さなかったのかと思ったが、そうびは言う。

「危うくてな、彼女。精一杯気を張って、ぎりぎりのところで精神の均衡を保ってるように見えるんだ。下手に手を出すと、一気にそれを崩してしまうかも知れない」

そうびでも手を出せなかったものを素人の航太が触れてしまって大丈夫なのか？　いや、そうじゃない。そうびが手を出すというのは魂の核に触れるようなものだ。そんな高等なこと航太にできるはずもない。どうせはぐらかされて終わりだろうけど……。

ユウ先輩と、声をかけたものの何を言うべきなのか分からなくなって、咄嗟《とっさ》に出たのは我ながらおかしな質問だった。

「もしスマホを池に落としたらどうします？」

「は？」と呆れた顔をされた。だよなあ、これどうしようと思っていると彼女があははと笑った。本当にどうしようもなくて困る。

「それいいかもな。もう何もかもなかったことにして、一から人生やり直すかな」

声は笑っているがその視線は墓を見ている。重大なことに思い当たり、思わず訊いた。

「もしかして犯人からですか？　誰かから脅迫受けてるとか」

「えっ、何それ。怖いこと言うなあ」

「ですよね」

あれ、でもちょっと待てよと思った。

「俺の上司が言ってたんですけど、もしかしてユウさん、あのトイレの、例の血文字に心当たりがあるんじゃないですか？」

「トイレの血文字……ああ、乃亜ちゃんのか。あれはえぐかったよね。僕、気分が悪くなっちゃったよ」

そう言って、すっと香が目を逸らせた。

著名人の墓詣でをしている人たちが記念撮影をしているゾーンを迂回《うかい》して、香は名もなき人々の墓の方へ入り込む。

「もし、あなたが一番にあそこに駆けつけることを計算していたとしたら……」

その何者かはあなたのことを知り尽くしているのではないかと言いたかったが、どうしても言えなかった。彼女の内面に踏み込みすぎるのが怖い。彼女を傷付けるようなことをしたくなかった。

先に立って歩いていた香が不意に振り返り、「航太君」と言った。

「もし、もしも航太君が僕の身代わりになって死んだりしたら、僕は一生僕を許せない」

香は笑みを浮かべているつもりかも知れないけど、全然笑えていない。航太は目を瞠《みは》った。そこまでの危険が彼女の身に迫っているというのか？

「ユウさんっ」

夢中で彼女の前に回り込み彼女の両腕を掴んでこちらを向かせる。怯えたように目を見開いている彼女に気づいて、やばっと思った。

「あ、あ、あの、すみません」

慌てて手を離し、航太は頭を下げた。

「そんなことには絶対にならないと約束します。だから、だから、俺にあなたを、あなたの声を護らせて下さい。お願いします。俺は警護員として半人前どころか、きっと何もできてないいんだと思います。先輩たちがいないと本当に何もできない。でも、どうかお願いします。必ず全力を尽くします。俺はあなたの歌が好きなんです。警護員じゃなくていい。どうか俺にあなたの声を護らせて下さい」

香はぽかんとしている。

「僕の歌が好き？　本当に？　なんで僕なんかの声を護るんだ？」

思いがけない言葉に、何を言ってるんだこの人はと思った。

「え、マジで分からないんですか？　あなたの声と歌がどれだけ魅力的か、まさか本当に分かってないわけじゃないですよね？」

心底びっくりしたような顔をしている香にこっちが驚く。

「僕の声なんか、どうせ物珍しいだけだろ。きれいなわけでも聞いた人が幸せになるような楽しい歌を歌ってるわけでもないんだ」

「本気で言ってるんですかそれ？」

悔しくて泣きそうだ。自分の好きなアーティストがこんな風に自身を悪く言うのなんて、一番聞きたくなかった。

「分かった。いいですもう」

腹が立って言う。

「あなたが自分で価値を分からないって言うなら、俺は俺のためにあなたとあなたの声を護ります！　それでいいですよね⁉」

後から考えると恥ずかしさで顔から火を噴きそうだが、こう言い切った航太に彼女は目を丸くしていた。

結局、ユナイテッド4で香の警護を継続することが決まった。

大阪に下見に行っていた一色が戻り、彼が撮影してきた動画を見ながら烈と警護計画を立てている。

航太も参加し、懸命にメモを取った。

大阪までの移動もダミーである杉山さんに烈と一色がつき、ユウには航太とそうびが同行する。奈良は新大阪に先行し、車で新幹線から降りた一行を待つ。新幹線を使う分、車だけの移動に比べると神経を使う場面が多いが、要人警護には新幹線や航空機移動がつきものなのでユナイテッド4には様々なノウハウがある。

今回に関していえば移動に使う新幹線の便はもちろん秘匿されているが、不特定多数のファンが乗降駅に集まることも想定しておかなければならなかった。混乱を避けるため、駅の協力を得てできるだけグリーン車に近い業務用エレベーターの使用許可をとり、待ち時間は一般人が入れない駅の施設を使わせてもらえることになっている。といっても、それはあくまでも杉山さんの移動ルートだ。

本物の香は普通車で移動する予定だった。アーティストの疲労軽減を考えるとあまり望ましくはないだろうが、本人はその方がいいらしい。香つまりユウはあくまでもそうびと二人で旅行しているように見せかける。航太はその近くで周囲を警戒する役回りだ。

これまで同様、杉山さんの方に注目を集めて、本物から目を逸らす効果を狙っているわけだが、それだけでは済まないかも知れないという不安があった。

もし本当に、あのトイレの血文字が香に見せることを狙って書かれたものだとしたら、ユウこそが香であることを知っている誰かが存在することになる。

ではそれは誰なのか？　香の話では十七年前、姉を殺した犯人はいまだに捕まっていないそうだ。乃亜ちゃんの行方不明を聞いて彼女は真っ先に公園に向かったのだ。何らかの関係があることは十分考えられた。

「十七年前の犯人が彼女を狙ってる可能性ってあると思いますか？」

航太の問いに烈は驚いたような顔をした。

「可能性でいえばゼロじゃないな。何しろいまだに捕まってないんだから」

やはり情報が少なすぎる。意を決した航太は銀歩に会いにいくことにした。

「おいおい、大丈夫かい？　絶対に目を見るなよ。石にされるぜ」などと軽口を叩きながらも烈は彼に連絡を取ってくれた。


非番の日、銀歩に指定されたのは豊洲《とよす》にある公園だった。動きやすい格好で来るよう言われ、何をするのかと首を傾げながらも、トレーニング用のTシャツにスエットパンツ、ウインドブレーカーで出かけた。下を向いて近づくと、銀歩はスポーツ用のサングラスをかけて待ってくれていた。

変装をしていない銀歩は思っていたより若い。五十歳前後だという話だが、もっと若く見える。何の変哲もない休日のおじさんといった感じだ。中肉中背で顔立ちも特徴のないのが特徴なのだと烈が言っていた。だからこそ変装によって何者にでもなれるし、人々の記憶に残らず行動できるらしい。烈いわくスパイにもっとも適した人種だそうだ。目の色は特殊だと思うのだが。

銀歩は上下揃いの紺のランニングウエアを着て、蛍光イエローの真新しいスニーカーを履いている。これから走るのかと思ったら違った。銀歩は「さあ乗ろう。君がキャプテンだ」と言うのだ。彼が示した先にあったのは二人乗りのタンデム自転車だった。

「これなら君がアタシの目を見て気分悪くなることもないだろ」と得意げだ。

タンデム自転車は前部席でしかハンドル操作ができない。後部席の人はペダルを漕ぐだけだ。前部席をキャプテン、後部席の人をストーカーと呼ぶと聞いて、え？　と思ったが蒸気機関車に石炭をくべる人のことだそうだ。

「ストーカーは行く先を決めることができないんだ。キャプテンを信じてただ漕ぐだけよ。君を信じて乗るんだかんね、頼んだよ」

とはいえタンデム自転車は二人が足並みを揃えなければ進まない。後ろから、銀歩が真剣そのものの声で「一、二、一、二」とかけ声をかけてくるので笑いそうになりながら息を合わせて足を動かす。

最初こそふらついたが、どうにか漕ぎ出し豊洲ぐるり公園を走る。平日の午後とはいえ、釣りやジョギング、散歩をしている人もいる。男二人のタンデム自転車は控えめに言っても目立っているが、段々楽しくなってきた。

遊歩道と自転車道は一段下がった海沿いを巡っている。潮風が気持ちいい。対岸にはタワーマンションやオリンピック選手村だったマンション群などが見える。

「侑香さんのお姉さんの事件の犯人について何かご存じのことはありませんか？」

間違って彼の目を見ないよう気をつけながら少し後ろを向いて言うと「そっちかあ」と返ってきた。侑香の母が教団にのめり込む遠因となった事件だ。彼女を脱会させるにあたって、銀歩はかなりのことを調べたのだという。

大体は香から聞いた話の域を出なかったが一つ驚いたことがある。殺害現場となったのは大阪南部にある広大な公園のトイレだったそうだ。じゃあやっぱりこの前の血文字は香に見せる目的だったのかと考え、ぞっとした。

「犯人の目星はつかなかったんですか？」

とても静かだ。ベビーカーを押した母親たちが笑いながら過ぎていく。銀歩は彼女たちが遠ざかるのを待って言う。

「迷宮入りした事件だからな。だけど最近になって多分こいつじゃねえのかってのが浮上してきた。だが、なんでそう思うか説明しようとすると、ずるずると色んな絡みが出てきちまう。君にとっちゃ猛毒だ。アタシは獅子原君に釘さされてってね。勝手に君の知らないことを喋るとまた怒られちまう」

一瞬、足の動きが遅くなっていたようだ。後ろの動きと連動しているペダルに促されるように足を動かす。

「まさか俺の父が犯人だってことですか？」

「違《ちげ》えよぉ。そんなわけねえだろが。アタシはあんたのお父さんのことをよく知ってる。絶対にそんなことするような人間じゃない」

レインボーブリッジが近づいてくる。お台場《だいば》が見えた。今、背後にいる人物が父のことを知っている。こんな近くに真実があるのだ。とんでもなく恐ろしいものを背負っているような気分になった。自転車はゆっくりと進んでいる。二人分の馬力なのだ。さしたる運動量でもないはずなのに動悸が激しい。

今は父のことよりも香を護ることの方が重要だと自分に対して逃げを打つ。

「あの、すみません。今は侑香さんのお姉さんの事件の犯人を教えて下さい」

銀歩は「やだよ」と言った。

「今、アタシの命は君と一蓮托生《いちれんたくしょう》なんだよ。この状況でまたあんな風になったらアタシも一緒にひっくり返っちまうだろうが」

ヒントでもいいから聞かせてくれと食い下がると、銀歩は言った。

「あんたに言っても大丈夫そうな情報ってんならアレだな。そいつ『寿・清廉のつどい』の信者なんだ。侑香ちゃんのお母さんと顔合わせてる可能性もあんだよ。もちろんお母さんはそうとは知らねえだろうが」

嘘だろ。何だそれと思った。

「信者って、じゃああの教会に出入りしてるってことですか？」

「いや、それはねえな。そいつはその業界じゃ結構な有名人だ。信者であることを公表するかしねえかの損得はよく分かってんだ。表立って活動できない分、多額の寄付金を払ってる覆面信者ってのがいるんだよ」

そんなのがあるのか、と思う。

「アタシはそこを突破口にできねえかと考えてるんだけどな、って、おっとあぶねえ。この話はここまでだ」

航太が本気で記憶の封印を解く覚悟をしない限りはこれ以上のことは教えられないということらしい。

対岸にお台場を見ながら一旦自転車を降りてベンチに腰かけてお茶を飲む。変な感じだ。こんなところで父親ぐらいの年齢の人とタンデムでサイクリングの上、お茶を飲むってどんな関係だよと思った。話が途切れたタイミングでスマホを確認する。非番とはいえ緊急招集がかかることもあるのだ。と、突然ニュースサイトのプッシュ通知が入った。

並ぶ文字を見て、ぎょっとした。

「十七年前の七歳少女殺害。即身仏事件で自殺した男が犯人と判明」とあったからだ。

「ん、どうしたい？」

背後から話しかけてくる銀歩の顔を見ずにスマホを差し出すと、彼が息を呑んだのが分かった。慌てて自分のスマホを取り出した銀歩がニュースサイトを開いて、すごい勢いでスワイプしている。

銀歩が次々にどこかへ電話しているのを聞くともなしに聞きながら航太は波打ち際を見下ろす柵に凭れ、ニュース速報を読んだ。

やはり侑香の姉の事件のことだ。捜査の過程で例の即身仏男が犯人だったという証拠が出てきたというのだ。

電話を終えたタイミングで銀歩に訊く。

「これ、さっき言ってたのとは別人ですよね」

「別人も別人だよ。驚いた驚いた」

サングラスを狭い額の上にずらして銀歩は目をこらすようにスマホ画面を睨んでいる。うっかり目を見てしまいそうになって慌てて目を逸らした。

即身仏が侑香の姉の事件の犯人？

以前に聞いた烈の話を思い出す。現場で少し時間が空いた時、彼は電線に止まった鴉《からす》を眺めながら唐突にこう言ったのだ。

「これはたまたま遺体発掘現場の上空を通りがかった鳥が見た話なんだが」

「えっ、遺体？　鳥？？」

「そう、鳥。自由に空を飛び交う者たちから聞いた話。猿橋の遺体は凄惨なありさまだったそうだ」

ロッキー山脈のひまわりがどうのとかいう話から一週間は経っていたはずだ。猿橋という名を聞いて、ようやくブラック企業の社長が即身仏を目指したエクストリーム自殺の話だと思い当たった。

「その顔は何を見たのか恐怖と苦悶に歪んだ凄《すさ》まじい形相でな。最後は正気さえ失っていたのか全身を掻きむしり、頭皮ごと髪を引き抜いた跡があった。外的な力が加わったわけではなく遺体の状況から自分でやったのは明白だ。気の毒に、その男、悟りを開いて土中入定なんてのとはかけ離れた恐怖に満ちた時間を過ごすことになったようだぜ」

凄惨さに言葉を失う航太に烈が続ける。

「もちろん覚悟はしていたもののいざ埋まってみると、予想外の苦しさに出してくれーとなった可能性もあるよな。仏道に人生を捧げた高僧じゃないんだ。無理もない。だが、俺が気になるのは隣のご遺体の方でな」

「え？」

「その女性を殺害したのが猿橋だったとして、猿橋のエクストリーム自殺そのものが被害女性の無念を晴らすための復讐劇だとしたら、どうだい？」

手に持っていた麦茶のペットボトルを落っことしそうになり航太は慌てた。

「まさかそれで真犯人？　を生き埋めにしたってことですか？」

「まあ、可能性の話だがな」

ぽかんと口を開けてしまった。

「一体誰がそんなことを？」

「普通に考えれば遺族だが、先日の遺体発見まで彼女は一行方不明者に過ぎなかったんだ。家族からすれば殺されたなんて考えたくもなかったろう。当然、犯人が誰かなど知り得るわけもない。何しろ警察にも挙げられなかった犯人なんだぜ？　そいつを独自の調査で特定し、ついでに残忍な方法で処刑する。そういうヤツらがいるんだ」

言葉を切った烈に、ごくりと唾を呑む。

「そんなことを……？　一体誰が？」

「通称、加害者ハンターとかいうふざけたヤツらさ」

「お待ち下さい班長。まだ彼らの犯行と決まったわけではございません」

一色に言われ、烈はぽんと手を叩いた。

「おっと、そうだったな。ま、仮定の話だと思って聞き流してくれ」

◆

犯人が既に死んでいた？　驚いてテレビをつけてニュースを見る。たちまち後悔した。目を覆う。まただ。また、リカの事件が掘り返されて報道されている。テレビを消してベッドの上で膝を抱えて丸くなった。

胸を締めつけられるようだった痛みが少し和らぐとニュースの真偽が気になった。

本当にその即身仏が犯人なら、加害者ハンターはまったく見当外れなことを言っていたことになる。結局は加害者ハンターを名乗る何者かのいたずらだったってこと？　犯人が香を狙っているなんていうのも、全部嘘？　僕はもうパンダ男に怯えなくていいのかな？

一瞬、幸せな未来を信じそうになる。けど、そんなわけないんだと思い直した。

正確な死亡日時は特定されなかったけど、即身仏が亡くなったのは夏頃だとされている。乃亜ちゃんの事件の時には当然、死んでいるのだ。

じゃあこれは誰？　あるアカウントから送られてきたメッセージを開いた。正体不明なのは同じだが加害者ハンターとは別のものだ。負けたくない。そう思うのに指先が震える。このアカウントを目にする度に胃の辺りが締めつけられた。目を瞑《つぶ》りたくなる。でも、見なければいけない。

――もういいかい　もういいかい　もういいかい　もういいかい　もういいかい――

同じ文字で埋め尽くされている。呪いのようなメッセージだ。

半年ほど前からだろうか、何度も何度も送られて来たものだ。多分、その頃には即身仏の人はもう土の中だ。

このメッセージは乃亜ちゃんの事件を境にふっつりと来なくなっていた。

見つけたの？　僕を？　そう思ったタイミングでスマホが震えた。忌まわしいアカウントからのメッセージに息を呑む。

『霊体になってお前を迎えに行く』

香はスマホを落とした。フローリングの床にぶつかりごとんと大きな音がしたが、聞こえなかった。息ができなくて苦しくて、水に溺れていくような気がした。

◆

新幹線の中でユウは妙にはしゃいでいた。前回同様メイク係の設定で行くことになったらしい。そうびと揃いの黒Tシャツにスキニーにそれぞれが私物の上着を羽織っている。

今回の大阪行きはライブの前日に現地入りすることになっている。平日の午後一番の普通車指定席は五割程度の乗車率で静かだった。

ユウとそうびは二人がけの席。航太は通路を挟んだ斜め後ろの通路側でノートパソコンの画面を眺めていた。ただぼんやりしているようだが、実は五感を研ぎ澄ませている。常に周囲の物音やほんの小さな気配に気を配っておかなければならないのだ。

航太は忙しいビジネスマンのふりをしている。そう見えるかどうかは甚だ疑問だったが、一応しょっちゅう電話がかかってくる設定だ。その度に前や後ろのデッキを往復して電話をする体で周囲を警戒している。品川《しながわ》からのぞみに乗車したので停車駅は新横浜《しんよこはま》、名古屋、京都だけだが停車駅ごとにホームに目をこらし、乗り込んでくる乗客のチェックも怠れない。

新大阪まで約二時間半、ずっと緊張状態が続いている。航太は緊張のあまり食欲もなかったが、そうびはさすがだった。ユウと二人で駅弁を平らげ、お菓子を食べながらハイテンションで喋るユウの相手をしている。しかもずっとメイク係のキャラ設定のままだ。一度も素顔を出さず、それでいてちゃんと周囲を警戒している（はずだ）。

ユウがトイレに立つ際はメッセージを受けた航太が周囲を確認し、そうびが同行、化粧を直すふりをして彼女を待っていた。

新大阪に着いた時には航太はもう疲労困憊《ひろうこんぱい》だったが、ユウもそうびも元気そうだ。楽しそうな二人の後ろを少し離れてついて歩きタクシー乗り場に向かう。

少し離れたロータリーの辺りに人だかりができていた。「香」だ。ちらりと目をやると、人垣の隙間から一分の隙もないスーツ姿の烈と一色の立ち姿が見えた。後で聞いた話だが、「香」目当てのファンよりも今話題のイケメンボディガードを一目見たいという野次馬の方が多かったようだ。警護の観点からいうと見事に本末転倒だよなと烈が苦笑していた。

まあ、あっちも大変そうだが、あの二人に加えて奈良やイベンターの人もいる。何とでもするだろうと思った。第一、本当に護るべき対象はこちらなのだ。

ホテルのロビーでは先行していた魚崎班の若手が二人待っていた。班長の魚崎は本日は別任務らしい。念のため彼らが香の宿泊する客室の盗聴器と隠しカメラを調べる。スイートルームを借り切って警護員が同室内に待機する案もあったが、香本人が一人で寝たいと言うので警護はつけないことにした。ただホテル側に頼んで同じフロアにそうびの部屋を確保している。基本的にこの警護は二十四時間ではなく、ライブとその前後の移動がメインなのでこういう体制になったのだ。

ちなみにそうび以外の警護員はツインの部屋だ。烈と一色、航太は奈良と同室だった。

打ち合わせに呼ばれて烈たちの部屋に入ったが、ファッションショーの楽屋かと思った。

警護中は手ぶらが原則なので荷物は事前に宅配便で送っている。明日のスーツと今日着ていたスーツにYシャツ、ネクタイやオーデコロンの瓶などがベッドの上に並ぶ。一色はホテルで借りたアイロンを手に当て布をして皺《しわ》を伸ばしているし、烈はベッドの端に腰かけて靴磨きをしているところだった。

二人ともラフな格好に着替えていた。烈はオリーブ色の長袖カットソーに何の変哲もないグレーのスウェットパンツだ。一色は白のTシャツに黒のパンツ、グレーのてろんとしたカーディガンを羽織っている。

何だこれと思った。二人ともごく普通の服装のはずなのに恐ろしく格好いい。余計な装飾がない分、足の長さが強調されているし、上半身の筋肉の形がよく分かるのだ。

特に驚いたのは彼らの髪だ。二人とも入浴を済ませた後らしく、烈はいつものふわふわした癖毛と違い褐色に金の混じった濡《ぬ》れ髪《がみ》を後ろに撫でつけているので額が見えている。逆に一色はいつものストイックに撫でつけた黒髪を下ろしており、目もとの辺りに影がさしている。もはやモデルとかそんなレベルでさえなく呆然と立ち尽くしてしまった。

固まっている航太に苦笑いをした烈が「こんな格好ですまんな。配置変更だ」とか言いながらノートパソコンを開いている。一応職務中なので酒類は禁止だ。夜も遅いのでカフェインは良くないと、一色がホテルに借りたポットでハーブティーを振る舞ってくれた。

打ち合わせが終わったので部屋に戻る。

奈良は部屋着もやはり緑色のジャージで、安定のカエル王子姿だ。ベッドの上でいきなり瞑想《めいそう》を始められてどうしようかと思ったが、疲れていたので寝た。

翌日、朝食を済ませてライブ会場へ向かう。

今回の会場は有名なテーマパークの近くだ。周囲にあるのは大型ホテルばかり、後ろは海だ。一般人が立ち入る動線が限られているため、比較的警護のしやすい立地と言えた。

ここの楽屋口はすぐ前まで車を横付けできる。ただ、メイク係の乗ったタクシーがそこまで進入するのはおかしいので、そうびとユウは結局、ＪＲの駅から歩いて来ていた。

少し目を転じると大観覧車が見える。川を挟んだ対岸は港《みなと》区天保山《てんぽうざん》にあたるそうだ。楽屋の窓からは海が見えるらしい。

香が楽屋入りする前に前回同様、魚崎班の人たちと盗聴器と隠しカメラの検索をする。

魚崎班の二人は明日、休みを取って大阪観光をする予定らしく、大阪出身の奈良にお勧めの場所を聞いていた。

「ん？　奈良さんって大阪出身なんですか？」

驚く航太に奈良は王子様にあるまじきドヤ顔をした。

「せやで。奈良出身と思わせて実は大阪出身、奈良陽大君や。東京出てきて一番ショックやったんはモータープールが全国区やなかったことですわ」

駐車場のことを大阪ではこう呼ぶそうだ。

そんな奈良が挙げるのはディープな大阪、どれもマニアック過ぎる場所ばかりだ。それがまた魚崎班の彼らのオタク心にことごとくヒットするらしく、二人は大喜びしていた。

獅子原班は帰路の警護もあるので彼らのようにはいかない。ちょっと羨ましかった。

午後の持ち場は外周だ。異状は何もない。十月のよく晴れた日で朝方は少し寒かったが、午後には気温が上がり暖かくなった。まともに太陽に照りつけられると暑いぐらいだが湿度が低く、気持ちの良い青空が拡がっている。今日のライブも平穏に何事もなく進んでいくと誰もが思っていたのだ。

4

ライブが始まった。昨夜の配置変更はライブ開始後、航太を楽屋口から会場内に移すというものだ。外周は奈良が一人で担当することになる。これは奈良の希望らしかった。

「え、奈良さん、中で香さんのライブ観る方がいいんじゃないんですか？」

航太の問いに奈良は首を振る。

「久遠君。中におっても僕らは香を観るんやのうて客の方を見とかなアカンのやで。目の前で香が歌ってるのにそんな切ないことになるくらいやったら外周の方がはるかにええやん」

奈良の言う通りだった。航太の配置は会場後方と二階だが、基本的に舞台に背を向けて立っている。舞台袖にはそうび、舞台上手側に烈、反対側の客席中央辺りに一色がいた。

イベンターの係員もスーツを着ているのであまり目立たないかと思ったが、そんなことはなかった。

何しろ烈と一色なのだ。まったく姿勢を崩すことなく、びしっと立っている長身の二人が格好良すぎて、開演前はもちろん、ライブが始まってからもお客さんがちらちらと見ている。その点、航太はイベンターのアルバイトにしか見えないので誰からも注目されず、気楽だった。

奈良が言う通り香の姿を見ることはできなかったが、生で歌を聴いているだけで嬉しかった。配信で聞くのとまるで違う。この広いライブハウスの隅々まで、香の声で覆い尽くされているような気がする。力強くて不思議な揺らぎを持つハスキーな声。本当に世界中どこにもない唯一無二の声だと思った。

ステージにいるのは香とバックバンド、コーラスの黒人女性が一人、ダンサーが三人だ。

背後のスクリーンを中心にプロジェクションマッピングが展開されていて、曲に合わせて映像が映し出されている。といっても、もちろん航太にはそちらを見ている余裕はないのだが、目の端で光が動くのが見えていた。

彼女の声が描き出す世界が目の前に次々立ち上がっては消える。曲が変わる度に魂を揺さぶられ、鼓舞され、航太はとにかく感情を抑えるのに必死だ。

突然、無線が入った。反射的に耳に入れたイヤホンを押さえる。大音響と歓声で聞こえ辛い。魚崎班の緑の髪、三登《みと》からだった。

「獅子原班長、今、このライブの様子がウェブで生中継されてます。ゲリラ配信かと思われますが」

航太も驚いたが、烈も一瞬、沈黙して言う。

「どこから撮影しているか分かるかい？」

「角度計算してみます」

「航太も一緒に特定を頼む」

烈の指示を受け、会場内にノートパソコン画面を見ながら入って来た三登に座席表を見せてもらい、大体の見当をつけるが、そもそも一階席はスタンディングだ。全体がわさわさしていて分かりにくい。当然、カメラやスマホを構えていればすぐに見つかるだろうから隠しカメラを使っている可能性が高い。とはいえ本番中に観客に向けて赤外線を照射するのもどうなのかと三登が首を傾げている。

やがて聞き慣れたイントロが流れてきた。

「何故いつもこんなに苦しいんだろう。何が苦しいのか分からないけど、とても苦しいよ」で始まる静かな曲だ。絵理沙が好きだと言っていた。航太自身もこの曲が一番好きだった。

「何かが足りないわけじゃない。満たされていても一人。どれだけ周りに友達がいても、一人だって思う。みんな楽しそうに笑ってるのに、私は心から笑えたことない」

忙《せわ》しく三登や烈とやり取りを交わしながら、心の奥深いところで考えている。

香の歌はどうしてこんなに心に響くのだろう。彼女の歌は強さと悲しみが同居しているのだ。それは彼女自身が苦しんで、闘い続けた中で得たもの。だからこんなにも心を揺さぶられるのだろうと思った。

その瞬間、客席がざわめいた。ぶつりと香の歌が途切れ、バックバンドの演奏だけが流れている。弾かれるようにステージを見た航太は言葉を失った。プロジェクションマッピングが明らかに異常だ。ステージを覆い尽くすように白黒の何かが映っている。巨大なパンダだと気づいてぞっとした。それも愛らしいものではなく、不気味なマスクを拡大したものだった。航太の脳裏に乃亜ちゃんの事件の際、トイレの床に転がっていたパンダのマスクが甦る。

「一色、航太、Cブロックだ」

キャーと悲鳴が上がるのと、客席にいた烈が無線に向かって叫びステージに駆け上がっていくのがほぼ同時だった。舞台袖から飛び出して来たそうびと二人で香の姿勢を低くさせ、覆い被さるように護りながら退避していく。

Cブロックというのは座席ではなく、警護のために客席を細かくブロック分けして位置関係を共有できるようにしたものだ。

Cブロックは客席から見て前方右側、つまり上手側だ。そちらを見るとパンダのマスクをかぶった男が大きなナイフを振りかざしてステージの方へ向かおうとしているところだった。我先にと客が逃げだそうとしている。

まずいと思った。ここでパニックになって出口に殺到すると将棋倒し事故が起こりかねない。第一、香は烈たちが退避させたが、ステージ上にはまだバンドやダンサー、コーラスの人たちが残っているのだ。

早く犯人を確保しなければと焦る。この場を何とかできるのは自分たちだけなのだ。一色がいるのは下手側だ。そこから観客をかき分け突っ切って来ている。

航太がいたのは上手側の後方だ。こちらの方が早い。無我夢中でステージに向かった。

パンダ男がナイフを持ったままステージによじ登ろうとしているのに追いついた。後ろから見ると白いマスクの下部は切りっぱなしでだるんとしている。その下から首の部分の皮膚が見え、化け物などではなくただの人間なのだと知る。飛びついて黒トレーナーの襟首を摑んで引き倒した。

亀みたいにひっくり返っているパンダからナイフを取りあげようとした瞬間、男が恐ろしいスピードで起き上がり、意味不明の奇声を上げながら斬りかかって来た。

すんでのところで身体をかわしたが、相手はナイフを握った腕を左右に大きく振っている。ブンッと風を切る鈍い音、頰に風圧を感じた。やたらめったら振り回すので、次の動きの予測がつかない。思わず後退した航太の心臓めがけて一直線に切っ先が突進してくる。パンダの黒目の中に人間の眼球が見えた。ヤバっと思った瞬間だ。男が目の前から消えていた。

高く飛び上がった一色の回し蹴りがパンダを吹っ飛ばしたのだ。ジャケットの裾がひらりと翻るのを見る。パンダはステージに叩きつけられ、ぐえいと汚い声を出してその場に崩れた。カランとナイフが落ちる。

一色は着地と同時に屈んでナイフを拾うと、即座に立ち上がった。目にもとまらぬ早業だ。彼は乱れた髪を掻き上げながら男の身体を素早く摑むと、ぐいと引っ張って立ち上がらせる。優雅な動作はそのままに、男の手を後ろできつくまとめて拘束すると、一色はパンダ男のマスクを剝ぎ取った。

一色の動きは流麗でどこまでもエレガントだ。なのに、やっていることは結構手荒くてびっくりした。奈良が絶対服従するはずだと思う。一色さんはガチで逆らったらアカン人やねんという奈良の声が聞こえた気がした。

意識朦朧《いしきもうろう》とした様子で、虚《うつ》ろな目をしているのはまだ若い、十代とおぼしき少年だった。

「久遠君、手伝って下さい」

そう言う一色は息も乱していない。

「は、はい」

慌てて駆け寄り、ナイフとマスクを受け取ると、少年の腕を摑み左右から引きずるようにして一番近い非常口へ向かう。マスクのラバーが生ぬるくて気持ち悪かった。

警察の到着を待ち、引き渡す。そちらは一色が対応することになった。

「そっちは一色に任せて楽屋へ来てくれ」という烈の指示を受け、楽屋へ向かう。

客席は騒然としていたが、パニックは起きていないようでほっとした。

「ただいま客席内にてアクシデントが起こりましたため、ライブを一時中断しています。お客様におかれましては係員の指示があるまでその場に待機して頂けますようお願い申し上げます」というアナウンスが何度も繰り返されている。

そのタイミングで奈良から無線が入った。

違法にライブを配信しているカメラの持ち主を三登が特定し、事情を聞いているそうだ。

動画を確認していたもう一人の魚崎班、四辻《よつじ》によれば、配信はパンダ男の乱入から香の退避までの一部始終を映し出していたらしい。一色が取り押さえるシーンは人垣に阻まれてよく見えなかったそうだ。一色はめちゃくちゃ格好良かったけど、あんな動画が出回ると、暴力の行使がどうのとかで問題になりそうな気がするので良かったかも知れない。

楽屋に入ると、香が顔を覆っていた。烈とそうびが両脇に立って警戒を続けている。

可也子さんはライブハウスの人やイベンターらと今後の対応を協議しているようだ。

「香さん」

声をかけると、香が顔を上げた。ピンクアッシュのロングヘアのウィッグをつけステージ用のメイクをしている彼女は、いつもの少年のような姿とは別人のようだが、まっすぐこちらを見上げる瞳は紛れもなく彼女のものだった。前に可也子さんが言っていた通り、香は目力が強い。時々、吸引力の強い掃除機のようだと冗談めかして考えることがあった。吸い込まれそうなのだ。だが、今、その瞳が頼りなげに揺れている。

香は口をぱくぱくさせているが特徴のある彼女の声は聞こえてこない。

え？　と思った。まさか声が出なくなったのか――。思わずそうびの顔を見ると、彼女はそうだというように頷いた。

ごそごそと自分の荷物からスマホを取り出した香が何か打っている。

胸ポケットに入れた自分のスマホが振動するのに気づいて航太はそっと画面を見た。

『僕、声が出なくなった。ごめん』

速い動きでフリック入力をしながらスマホに落とす瞳が悲しげだ。航太は香とスマホ画面を交互に見ていた。最初のメッセージを読んでいる間にも次々に長文のメッセージが来る。あっという間に画面が埋め尽くされた。

メッセージには強い歌詞が多い香のものとは思えないほど悲しい言葉が並んでいた。

香は声を失い、ステージを放棄してしまった自分を責めていた。楽しみにして来てくれたお客さん、可也子さんや支えてくれたスタッフの人に申し訳ない。ごめんなさい、ごめんなさいと痛ましい言葉が並ぶのだ。

自分はどうしても過去の亡霊から逃れられない。弱い人間だ。自分にはみんなが思っているような価値はないから——

『あの時、お姉ちゃんじゃなくて僕が死ねば良かったんだ。もう終わりにしたいよ』

『ごめんね航太君、僕のこと護ってくれてたのに』

どんな言葉をかけていいのか、航太には分からなかった。

烈を見ると彼は周囲を見ていた。警護員の目だと思う。鋭いけれど感情を殺した目。こんな時、彼は何も言わない。これこそが警護員本来の姿なのだ。

警護員は本来、警護対象者の近くにいても会話をすることはない。もちろん話しかけられれば答えるが、こちらから気安く話をするものではないのだ。たとえ警護対象者のプライバシーを見聞きすることがあっても、何も見ていないし何も聞かない。一切の感情を殺してただその人を護ることだけ考える。何かを見聞きしても絶対に他言しない。その信頼があればこそ、警護対象者は安心して身を委ねることができるのだ。

自分は警護員としてあるべき姿を逸脱しているのだと今更ながら思い知る。

だけど、今目の前で溺れているこの人を見捨てることなんかできるわけない。そこまで考えて、首を振る。見捨てる？　馬鹿なのか俺はと思った。自分なんかに何ができるっていうんだ？　思い上がりもいいとこだ。

自分が何を言ってもきっと彼女には届かない。溺れている人を助けようと水に入って共に溺れるだけじゃないのかと思った。

それでも、それでも、と胸の奥からこみ上げてくるものがある。香の声を護る使命があるとか、そんなことはどうでも良かった。

ただ、今目の前で苦しんでいるこの人に自分の思いを伝えたかった。

座っている香の前に跪《ひざまず》き、その瞳を覗き込むようにして航太は話し始めた。

◆

ステージに立つ時、水底に沈んでいるようだと感じることがある。眩《まばゆ》い光の洪水だ。どこへ逃げてもスポットライトは必ず自分を追ってくる。どうして自分がこんな華やかな場所にいるのだろう。そう思いながら、自分の持てる全部をさらけ出して歌い、踊る。

その時、確かに自分は生きていると思えた。

同時に強い孤独を感じる。

光の中にいると客席は見えない。本当に自分なんかの歌を聴いてくれている人がいるんだろうかと思う。後ろにバンドのメンバーやダンサーたちもいてくれるのに、たった一人水底に立っているような気分になるのだ。

でも、今日は一人じゃない。彼がいる。彼は客席にいて自分を護ってくれている。

頑張ろうと思えた。

でも、鬼が来た。

「みぃつけた」いつの間に忍び寄ったのか、侑香の後ろで囁いたのはリカの声だった。

「お姉ちゃん……」

声は出なかった。後ろから黄ばんだ骨が首にきつく巻き付いて、苦しい。骸骨にところどころ腐肉を纏《まと》ったむごたらしい姿の鬼は「香」を捕まえた。「香」の口をこじ開けて我が身に残る腐肉を次々に詰め込んでいく。

苦しい。息ができない。喉の奥まで腐肉で一杯だ。口を開いても出てくるのは腐臭と湿った土の臭い。歌わなければいけないのに、そうでなければ自分は「香」でいられないのに。どんなに振り絞っても細い糸ほどの声も出せなかった。冷たい水底から引き上げられた自分はもう屍《しかばね》同然だった。自分には何も残っていない。お客さんを裏切ることになってしまったし、何よりももう声が出ない。そうだね、お姉ちゃん。もっと早くにこうすれば良かった。この光の中に立つべきなのはお姉ちゃんだったんだから、お姉ちゃんに返すね。こんな醜い声で悪いけど——。

その時、声が聞こえた。彼だ。

彼は懸命に語りかけてくる。学校にも家にも居場所のない中学生の女の子の話を聞いた。香の歌が彼女を支えていた？　本当に？

彼女は、おしゃれで強くてみんなに愛されている香が自分みたいな人間の気持ちに寄り添ってくれてるなんて信じられないって言ってたの？　バカだなあと思う。本当の香は強くもないし誰からも愛されてないのに。

「俺、いや私は、さっきあなたの歌を聴きながら思ってたんです。もし、あなたが本当にそんな風に強くて誰からも愛されてきた人間だったら、こんなに心に響いてこないと思う」

彼の言葉に肩が跳ねる。

「あなたは誰よりも苦しんだから、あなたの言葉はみんなに寄り添えるんだと思う。中学生の彼女だけじゃないです。大人だって、あなたの歌に救われた人は大勢いると思う。俺だってそうです。自分の思いや辛さを分かってくれる人がいるんだなって、じゃあもうちょっと頑張ろうと思えるから」

「強くなくたっていいんじゃないですか。俺、最近思うんです。自分の弱さを認めることも強さなんじゃないかって」

ぽろりと頬に落ちるものが涙と気づいてびっくりした。人前で泣くなんて、そんな甘ったれたこと自分には許されないと思っていた。

『でも、もう戻れない。戻れないよ。僕はファンの人たちを裏切ってステージを放棄してしまった』香の打ち込んだ言葉を読んだ彼は大きな目をくるりと回して言った。

「香さん、聞こえますか？　あの声が」

何のこと？　耳を澄まして目を見開く。

香、香、香――。手拍子と共に声が聞こえてくる。客席からだ。香、香――。

「ね、みんな香さんを待ってます。俺だってさっきの曲、途中になっちゃって悔しいです。もっとあなたの歌聴かせて欲しいです」

『本当？　本当に私なんかでいいの？』

「あなたがいいんです、香さん」

こみ上げてくるものを抑えられなくて、ぼろぼろ泣いた。みっともないと思ったけど止められない。

隣に立っていた烈君が内ポケットからいい匂いのするハンカチを出して貸してくれた。涙と共に喉や胸に詰まっていたものが溶けていくみたいだった。気がつくと、うわあんと子供みたいに声を上げて泣いていた。

「香さん、声が⁉」

言われて気がついた。声が出る。

慌てて涙を拭いて立ち上がる。入口で可也子さんが腕組みしてこっちを見ていた。怖い顔をしている。

「可也子さん、もうダメかな？」

ライブ中止を決めたのではないかと焦る。

可也子さんはにっと笑った。

「大丈夫、みんな待ってる。さ、行こう」

頷いて走り出す。

後ろで烈君が「よーし、仕切り直しだ。全員配置に戻るぜ」と嬉しそうに言う声が聞こえてきた。

◆

再開したライブをステージに背を向けて聴く。香の歌声は一層深みを増していた。翳《かげ》っていた何かが洗い流されたようだと思った。たとえば雨上がりの空を照らす太陽みたいに、香の歌が作り上げる世界が明度を上げて、よりリアルに迫ってくる。囁くような歌声はもちろん、楽しげな曲調のラップまで、どれも本当に素晴らしかった。

前回ライブを観た芋川ミキが死んでもいいぐらい幸せと言ったのを聞いて大袈裟《おおげさ》だと思ったが、今はその気持ちが分かる。

最後の曲が終わり、アンコールが起こる。進行が遅れているため、アンコールは一度だけと決まっていた。アンコールに香が選んだのは——飛べ、高い場所から。目の前にあるアイマイなもの全部蹴飛ばして、ぶち破れ、壁を——というサビの部分が印象的な曲だった。

あ、歌詞が違うと思った。中断前にも一度歌っていたが、その時は原曲通りだった。

——あの日抱えた自分の弱さ全部蹴飛ばして、やり直せ時間——。即興で作ったらしい歌詞に彼女の決意を見た気がした。もう大丈夫。彼女が声を失うことはないだろう。

「いやあホンマに一時はどうなることかと思うたけど、無事に終わって良かったなあ」

ホテルの部屋で荷造りをしていた奈良がふと手を止め言った。

「本当ですよね」

「久遠君渾身《こんしん》の説得が功を奏したって聞いたで？　僕、香のファン代表としてお礼言うわ。ほんまにありがとう、久遠君は僕らの恩人や」

「え、やめて下さいよそんな」

頭を下げる奈良に航太は慌てた。正直、自分なんかの説得で香が心を動かしてくれるなんて一ミリも思っていなかったのだ。

「結局、その傷を乗り越えたのは香さんの強さだと思うんですけど……」

ホーウ？　と奈良がにかにか笑っているのが気まずかった。

ライブを中継していたカメラは観客の女性が身につけていたスカーフ留めに仕込まれていたらしい。どうやら配信者は別にいるらしく、事務所から被害届を出してもらい警察に任せることになった。画像は望遠ではなく、ステージ上の香の顔ははっきり分からない程度だったのが幸いだった。

プロジェクションマッピングのジャック映像は投影に使用したパソコンに、インターネット経由で侵入したものらしい。そんなことできるのかと思ったが、三登の話によれば初歩のハッキング技能があれば可能だそうだ。ああいう用途に使うパソコンはインターネットから切り離して使わないと危ねえべ、と彼は言っていた。

撮影者と配信者が別にいたのと同様、パンダ少年もまた何者かに雇われたという話だ。

「黒幕は一体誰なんでしょうか？」

奈良は緑色のジャージ姿で壁に向かって逆立ちしながら、うーんと言った。

「香を嫉《ねた》んでるヤツなんかごまんといるやろしなあ。ライブにワケ分からん高校生乱入させてめちゃくちゃにしたろと思っただけかも知れへんけど。ほな、なんでパンダやねんって話になるわな。よりによって香のトラウマ抉《えぐ》るなんて許しがたいでホンマ」

頭が逆さに向いた状態でよくそんなに喋れるなと感心したが、彼の言う通りだ。鬱屈した高校生は少年法で守られる今のうちに何かデカいことをやりたいとSNSに頻繁に書き込んでいたところを誘われたらしかった。

「ま、いずれにしてもや」と奈良が絨毯《じゅうたん》の床に着地し、手をぱんぱんとはたきながら言う。

「あいつの犯行の雑さを見る限り、背後におるんもそない大したヤツとちゃうやろ。軽く嫌がらせするつもりで、そのついでに二、三人死んでもまあええかってぐらいの」

「それ、全然軽くないじゃないですか」

カエル王子はにゃははーと笑っているが、航太は少し考えこんでしまった。

香のお姉さんを殺した犯人は既に死んでいるのだ。銀歩の話によれば、あの事件が起こった当時、犯人がパンダのマスクをかぶっていたことについてセンセーショナルな報道がなされたそうだ。ならば誰かがそれを悪用して香を傷付けようとした可能性もある。だが、「香」があの事件の関係者であることを知っている人間はごくわずかなはずだ。

ふとあの日、銀歩がお茶を飲みながら呟いていた言葉を思い出した。理由は分からないが、銀歩は加害者ハンターのことも調べているらしい。

即身仏の死について加害者ハンターの関与の可能性を烈から聞き、航太なりに加害者ハンターについて調べてみたのだ。

『加害者ハンターって、あれ本当に義賊なんでしょうか？』

航太の問いに銀歩は言った。

『どうだかねえ。ヤツらぁ傲慢だよ？　加害者懲らしめるためなら手段を選ばねえんだから。被害者の家族を巻き込むことだって厭《いと》わない。あんたら復讐したいんだろ？　なら手を貸せよ。それが被害者家族の義務だろって迫るんだよ』

『復讐……』

航太の頭に浮かんだのは父のことだった。

もし父が何らかの事件の加害者だとしたら、被害者たちは復讐を望んだりしたのだろうか？　そして世間の処罰感情を代行するというハンターたちは何かを企てたのだろうか？　頭痛の兆しを感じて航太は慌ててその考えを追いやった。

『アタシはさ。時々、加害者ハンターってヤツらは楽しんでるんじゃないかと思うんだ。加害者いたぶるだけじゃなくてさ、何てえのか被害者やその家族を操る万能感に酔ってるんじゃないかってさ』

銀歩は自ら取材し見聞きしたものを元にこう語っていたのだ。怖いな、と思った。奈良がバスルームを使っている。漏れてくる彼の鼻歌（デスメタル）を聞きながらそんなことを考えていると、スマホが振動した。烈だ。

「はい、久遠で……」

言い終わらないうちに烈が言った。

「航太、すぐ来てくれ。香が行方不明だ」

反射的に時計を見る。日付が変わっていた。

可也子さんたちは香の行方についてまったく心当たりがないとのことだ。

何度も携帯にかけているがまったく応答しないそうだ。念のため航太もかけてみたが、やはり答えはない。ああ見えて香は真面目な性格で責任感が強い。こんな風に皆を心配させると分かっていて連絡を絶つような真似はしないと可也子さんが言う。

「まさか今日のライブが中断したことを気に病んで……」

杉山さんの言葉に重苦しい空気になる。

「もしかして、お姉さんの事件の公園とか？」

航太の言葉に彼女たちが首を傾げる。驚いたことに可也子さんたちはあの事件の被害者が香の姉であることすら知らなかった。

烈のノートパソコンを借りて地図を調べる。銀歩に事件現場と聞いた公園までは現在いる西梅田《にしうめだ》のホテルから南へ三十キロ程度。

「でも、もしここじゃなかったら？」

ここに人員を投じてもし全然見当違いだったら？　それで手遅れになったらどうするのだと可也子さんたちは言いたいようだった。

「俺が、いえ私がそう思った理由はアンコールの歌詞です」

航太の言葉に、みながはっとしたような顔になる。

「あの歌、単純に香さんが過去を振り切ったんだと思ったんですけど……」

――あの日抱えた自分の弱さ全部蹴飛ばして、やり直せ時間――全くの勘だが、もしかすると香はその公園を訪れることで、過去と決別しようとしているのではないかという気がした。

南行きの高速道を制限速度ぎりぎりで走る。ハンドルを握る烈も助手席の一色もこんな時間だというのにちゃんとスーツを着ていた。慌てて飛び出したので航太は部屋着のままだ。単に公園を訪ねただけならばまだいいが、それにしたってもう深夜だ。女性が一人歩くのに相応しい場所とは思えない。

どうか無事でいてくれ――。後部座席で航太は祈るような気持ちでいる。

高速を降りてナビに従い、鉄道の線路と並行しながら公園へと向かう。

「はい一色」一色が低い声で答える。着信があったようだ。香が向かったのが他の場所だという可能性もあるので奈良とそうびがホテルに残り、情報収集に当たっているのだ。

「何ですって？　本当ですかそれは」

いつも冷徹な印象の一色らしくもなく驚いたような声だ。分かりましたと答えながらノートパソコンを操作している。

「班長」忙しくキーボードを叩きながら言う。何か悪い知らせなのかと身を固くして次の言葉を待つ。一色の口からもたらされたのは信じがたい言葉だった。

◆

侑香は暗いトンネルの中を歩いていた。高さ、横幅共に二メートル程度。車の通るトンネルではない。草ぼうぼうの荒地を抜けて公園の端にある急な斜面を滑り降りなければ入れない水路のトンネルだ。トンネルは公園内の大きな池に通じているらしく、歩いていると徐々に水音が大きくなっていく。

歩き始めてすぐに街灯の光が届かなくなった。侑香の手には懐中電灯の光があるが、右も左も上も下もすべてコンクリートで固められた四角い空間は石棺のようにも思え息苦しい。

入口付近の壁を覆っていた落書きは間もなく途切れた。立ち止まり懐中電灯を消してみると真っ暗になる。闇だ。どこにも光はない。足もとには水が流れている。深さは数センチ程度だが、もし今ここに突然水が流れ込んできたら逃げ切れないんじゃないかと思うと怖い。前へ進めば進むほど恐怖が増した。

でも、引き返すつもりはなかった。

水を避け慎重に歩いていたつもりだったのに、うっかり足がはまってしまった。もう面倒になってばしゃばしゃと水の中を歩いて行く。と、再び灯《とも》した懐中電灯の光の輪の中に人が立っているのが見えた。

「やあ、よく来てくれましたね、香さん」

パンダのマスク男が言う。

「私はちょっと感動してるんですよ。まさか本当に一人で来るとは思わなかったからね。てっきり例のボディガード連中を引き連れて来るんだと思ってました」

「これは僕の問題だ。僕が決着をつける」

「へえ、本当に感心ですね。わがままな歌姫かと思ったら意外と骨がある」

ここへ来たのは例の呪いのアカウントからメッセージが来たからだ。

『あの日のやり直しをしよう。あの公園で』

どこへ行けばいいんだ？　という侑香の問いに返って来たのがこのトンネルだった。

もう怖いとは思わなかった。ただ決着をつけることだけを考えている。

「お世辞はいらない」

侑香の答えに男が大声で笑う。トンネルに反響して何重にもこだまして聞こえてくる。

「あんたが霊体なのか。生きてる人間のように見えるけど」

「ああ、失礼したね。君が怯える様子が面白くてつい調子に乗ってしまった」

怯える様子？　どこで見ていたのだろうと疑問に思った。

「で？　僕に何をさせる気だ？」

「何って決まってるでしょう。今度こそ君の息の根を止めさせてもらうよ。私はね、香さん、十七年間、一度も君のことを忘れたことはなかった。だってそうだろ？　私は一度もミスを犯したことはなかったんだ。警察を出し抜き続けて完全犯罪さ。なのにあの時、君に顔を見られてしまった」

「何故姉を殺した？」

「何故だって？　君はもう少し賢いかと思ってたよ香さん。理由なんてあるわけないだろ？　私にとって殺人はゲームだ。警察を出し抜くこの快感は私のような頭脳派でなければ分からないだろうね」

いざ犯人を前にしてもっと怒りにかられるかと思ったが、意外と冷静だ。むしろ疲労感が大きい。この十七年間ずっと抱えてきたものが一気に襲ってきたような気がする。

「僕の姉を殺した犯人はこの前山の中で即身仏になって見つかったんじゃなかったのか」

パンダ男がじわじわと距離を詰めてくる。水に浸《つ》からないように慎重に。

「ああ、あいつはちょうど良かったからね。罪を被ってもらったんですよ。どうせつまらない悪党だ。生きて人様の役に立てなかったんだから、この優秀な私の身代わりになるぐらいの善行を積むのもいいだろうと思ってね」

懐中電灯を持っている手がだるくなって来た。水の流れていない端の方に男を照らすようにして置く。

「その人もあんたが殺したのか？」

「まさか。あんな面倒臭い殺し方なんかするわけないじゃないか。あれは加害者ハンターたちの労作だよ。彼らは凄いよね。土中で自分の罪を反省しながら死んで行くのを待つなんて、なかなか思いつけることじゃない」

そう言うと男は嘲るように笑った。

「加害者ハンター、身の程知らずな連中どもが何を血迷ったのか私に牙を剥こうとしたようでね。いやはや、おかしいじゃないか。私は選ばれた人間だ。ハンターごときに手は出せない至高の存在だと早く気づけばいいものを。自分たちが万能だと勘違いしている傲慢なヤツらの労作にケチつけて、どっちが偉いのか分からせてやったよ」

「知恵比べだ何だと言ってる割にはせこいな」

鞭がしなる音がして、侑香の頬にぴしりと熱いものが当たった。鋭い痛みが走り、つうと何かが流れる。血だろうかと思った。

「言葉に気をつけた方がいい。どうせ死ぬならせめてきれいに死にたいだろう。無残に傷だらけの死体じゃファンが泣く。うちの娘たちも香のファンなんでね。あの子たちが泣くのは見たくない」

「あんたは幸せなんだな」

侑香の言葉にパンダが首を傾げた。懐中電灯の光を浴びて、トンネルに滑稽な道化師みたいな影が大きく伸びて映っている。

「当然だろう。私は優秀なんだから。何でも欲しいものを手に入れる権利がある」

「あんたが僕の姉を殺したせいでうちは一家離散した。よく自分の子供と同じぐらいの年の子をあんなにむごたらしく殺せるよね」

淡々と言いながら、とうになくなっていたはずの怒りがわき上がってくるのを感じた。

パンダが笑っている。

「もうどうでもいいや」

バシャバシャと水音を立てて香は走り出す。隠し持っていた包丁を持ち直し、まっすぐ刃先を男に向けてぶつかっていった。

包丁は来る途中に量販店で買ったものだ、武器が包丁なんてどうなんだと思ったけど、これが一番買いやすくて殺傷力が高い。

が、一瞬早く男に腕を摑まれてしまった。

「っ……離せ」

「やんちゃな歌姫だな。だが、男の力を甘く見るもんじゃない。こんな細腕で何ができる」

憎々しげに言いながら包丁を握る香の手を捻《ひね》り上《あ》げる。痛い、と思ったが包丁は離さない。ついでに思い切り暴れた。どうせ助けなんてこない。殺される前に少しでも男に傷を負わせたかった。

もみ合いになり、包丁を奪われた。

耳のすぐ近くでハアハアと聞こえる、男の荒い息。あの日の鬼がそこにいた。気持ち悪い。怖い。身体が竦む。一瞬、力が抜けた。

ダメだ。負けたくないよ——。

香は無我夢中で男のマスクに手を伸ばす。

「やめろ。離せ、このアマッ」

揺さぶられても離さない。顔を殴られ、男の振りかざした包丁の刃先が肩をかすめた。ぶら下がるような姿勢になりながら、それでも香はマスクを離さなかった。包丁が首筋に向けられる。マスクを摑みながら腕を伸ばしのけぞるようにして躱す。ぎりぎりと力比べみたいだ。マスクを守る方に気を取られ、包丁がおろそかになっている。今だと思った。

ぐっと声が出る。

もみ合いの中、男の股間を蹴飛ばした。身体と身体が密接しているため距離がとれず、膝頭で軽く当てただけになったが、それでも痛みがあったのか、香を押さえつける男の力が少し抜け、包丁が落ちた。おもいっきり力をこめてマスクを引っ張る。すぽんとはいかなかった。顔面の凹凸に引っかかる。視界を奪われているはずなのに男は腕を拡げこちらに摑みかかろうとしてくるのだ。

獰猛《どうもう》で巨大な獣が立ちはだかっているみたいだった。あちこち殴られ、蹴られる。それでも無我夢中で、ついに香は男の顔を覆うマスクを毟《むし》り取《と》った。

「なっ……」

懐中電灯の光の輪の中、マスクに引っ張られ髪が逆立った男の顔が浮かび上がる。怒りのせいで赤黒く、まさに鬼だと思う。

「やっぱり。あんたが姉を殺した犯人だ」

男に足払いをかけられ、水の中に倒れ込む。

全身が痛い。殴られた顔、身体、切られた肩口もずきずきと痛む。それでも香は壁に手をついて起き上がり、男と向き直った。

「なんて女だ。一息に殺してやるのが惜しくなってきたな。娘たちの憧れの香だもんな。苦しまないように送ってやるつもりだったけど気が変わったよ。朝までかけてじっくりと、早く殺してくれと懇願するまでいたぶりながらあの世へ送ってやろう」

「あんたは、僕が本当に何の準備もなく一人でこんなところまで来ると思ってたのか？」

男の表情が変わる。

「何だ？　どういう意味だおい」

訝《いぶか》しげな表情が一変した。

「おいっ。まさか、お前、そこに何を」

怒声をあげた男が、香のペンダントに手を伸ばそうとするのを躱す。

「今夜のライブはパンダ男が乱入して一時中断した。その一部始終は隠しカメラを持ち込んだ観客によって中継されていた。パンダはあんたの差し金だよね？　カメラの方は見当がついているけど、まあいいや」

このペンダントは加害者ハンターから届いたものだ。

「今までのやりとりはライブ配信されてる。こんな時間じゃ何人見てるか分からないけど。あんたのやり方を真似させてもらった」

「まさか」

鬼の目が大きく見開かれる。

「あんたはもうお終いだ。石神順治さん」

男の名前や職業は加害者ハンターから聞かされていた。有名なマーケターだそうだ。そんなことどうでも良かったけれど。

「ふん……下らない。まったく下らない。この優秀な私がこんな下らないことで足を掬《すく》われるとはな」

吐き捨てるように言った男がポケットから取り出した何かを呷《あお》るのを見て、ドラッグだろうかとぼんやり思った。

「それじゃ一緒に地獄へ向かうか」

咳《せ》き込《こ》んだ男の声はしゃがれ、本当に地獄から聞こえてくるようだ。男が包丁を振り上げる。ああ、もういっかと思った。復讐は果たした。お姉ちゃん許してくれるかな？　目を閉じた時、後ろから水音を立てて走ってくる気配があった。

「香さん、伏せてっ」

え？　なんで？　と思った瞬間、自分を護ろうと抱きしめるように覆い被さってくる。あ、彼だと思った。頭の上をびゅんと風が通り過ぎたと思った瞬間、すごい打撃音がして石神が後ろへ吹き飛んでいくのが見えた。

光の輪の中に水を避けて着地した烈君が大の字に伸びた男から包丁を取りあげている。

「君、いくら何でも無謀が過ぎるぞ。まったく、寿命が縮まったぜ」

烈君がこちらに向かって呆れたように言うのが聞こえた。

ああ幕が下りたんだなと思う。僕の役目はこれで終わりだ。忌まわしいペンダントを外して捨てた。

「ふはっ、ははっはは……ははは」

調子の外れた笑い声にはっとする。石神がぜいぜいと息をしながら喉を掻きむしり、それでいておかしくて堪《たま》らないというように笑っているのだ。

「おいっ君、何を飲んだ」

烈君のマグライトが地面を照らすと、プラスティック容器が転がっていた。

「私に近寄らない方がいい。そいつはフッ化水素酸だよ」

「おいおい冗談だろ」

烈君が驚いたように言う。見る間に男が激しく噎せ始めた。

「獅子原さんっ」

「航太、君は彼女とそこに留まれ。彼の言うことが本当なら激ヤバ物質だ。下手に近づくとこっちまで巻き添えを食らっちまう」

恐ろしい断末魔のような声を上げ、水に倒れ込んだ男がのたうち回っている。

「石神がフッ化水素酸を飲んだ。至急対応可能な病院を手配してくれ」

烈君がスマホに向かって叫んでいる。緊迫した声、その後ろから恐ろしいうなり声が聞こえて来る。彼は香を庇うように前に立っていた。

ヒューヒューと苦しげな息をしながら石神が立ち上がり、背中を丸め、半分ぐらいに縮んだ姿勢でよろよろと歩き出す。

「ははは、いいだろう。私はお前らの手の届かないところへ行くんだ」

「馬鹿言え。誰が死なせるもんか」

石神が嘔吐《おうと》を始め、再び座り込んだ。

「あの日」

低い声が聞こえた。苦しげな息と混じりトンネルに反響して四方向から響いてくる。

「この公園で姉妹が歌っていた。美しい声の姉と濁った声を持つ妹。一瞬で分かったよ。誰からも愛される天使のような姉と、その陰で誰からも顧みられないいじけた妹……。どちらを殺すかって？　そりゃ天使の方だ。分かるか？　妹を殺しても周囲の悲しみはわずかだ。すぐに記憶は薄れてしまうだろう」

「おい君、苦しいんだろう？　少し黙ったらどうだ」

烈君の制止に、石神はふはっと笑った。

「いいじゃないか。死に行く者からの述懐だ。聞いて損はあるまい。天使のように愛らしい姉の方を殺せば、その妹はきっと生涯苦しむだろう。何故自分の方が生き残った？　生き残るべきは自分ではなく姉の方だったのに、とね。その後の妹の人生を想像して私は歓喜した。ああ、そうだ。人を殺す方法は一つだけではない。この手で息の根を止めずとも、生きながら魂を屠《ほふ》る方法があるんだと」

「航太、彼女の耳を塞げ」

烈君の声に弾かれたように反応し、香の耳を塞ごうとする彼の手を制止する。

「僕には最後まで聞く権利があるよ」

彼が驚いたように香を見た。気遣わしげなまなざしが本当にいいのかと言っている。

「香、お前は俺の期待以上だった」

焼けただれた喉から吐瀉物《としゃぶつ》に混じって落ちる呪いの言葉。湿ったコンクリートを伝いじわじわと侵蝕《しんしょく》してくるようだと思った。

「香の成功の陰には常にあの事件が見え隠れする。自分の身代わりに姉を死なせてしまった後悔、生き残ってしまった罪悪感、誰からも愛されない劣等感」

「やめろっ。彼女のことを何も知らないくせに勝手なことを言うな」

彼だ。感情にもみくちゃにされたみたいに震える声が叫ぶ。

「勝手？　事実だよこれは。姉妹の母は教団で繰り返し嘆いていたそうだ。何であの子が死んで妹が生き残ったのってね。さっき私のせいで一家離散したと言っていたが、殺されたのがお前ならお母さんは教団に取り込まれることもなかっただろうにな」

ああ、そんなことは知ってるよと思った。

「もうよせ。これから君には胃洗浄の苦しみが待っている。どんなに惨めでも生きておのれと向き合い、必ず罪を悔いてもらうぜ」

烈君が少し距離を取りながら男の襟首を掴み、引きずるようにしていく。

「どれだけ成功しても、生きてる限りお前は俺の支配から逃れることができない。あの歌もこの歌もすべて俺の影響下にある。オリジナル？　ははは、香のオリジナリティはすべてあの日の出会いから芽吹いたものだ。愉快じゃないか、香というシンガーを形作る核には必ず私がいる。決して消すことのできない烙印《らくいん》だ」

呟き込み、えずきながら、男が自分を呪う声が足もとから纏わり付いてくる。

「あんな男の言葉を真に受けないで下さい」

マグライトで照らし、肩口の傷を見つけた彼がハンカチを当てて止血してくれる。

「大丈夫だよ。気にしてない」

だってあの男が口にした言葉はすべて事実なんだ。そんなの自分が一番よく知ってる。

「歩けますか？　歩けなかったら俺が背負っていきますけど」

「え、歩くよ。君、僕とそんなに体重変わらないでしょ」

「そうですか？」

なんて言い合いながらようやく立ち上がり、彼に支えられて歩き出す。

彼は怒っているようだった。

「航太君、怒ってる？　石神に？　それとも僕に対して？」

「石神に対しては怒りなんて生ぬるいものじゃないです。絶対に許せないと思ってます」

そう言うと、彼は怒りを抑えるみたいに息を吐きだした。

「そして香さん、あなたにも怒ってます。こんな無茶をするなんて。もし間に合わなかったらと思うと震えてます。なんで教えてくれなかったんですか」

「でも来てくれたじゃないか。誰も気づかないと思ってたのに」

「あの歌詞にヒントを乗せてくれたんですよね」

公園までは特定できたけど、最初はトイレに向かうつもりだったんだって。

「車でこちらへ向かう途中、ホテルで情報収集していたチームからライブ映像を見つけたという連絡があったんです」

トンネル内でパンダ男と対峙する映像を見た全員が言葉を失い、車中はお通夜みたいに静まり返っていたと聞いて、さすがにちょっと申し訳ない気になった。

その映像から解析班がトンネルの場所を超特急で特定したそうだ。どこか半信半疑でいたけど、加害者ハンターは本当にライブ配信してたんだなと改めて思った。

「ごめんね心配かけて。でも、どうしても自分で決着つけないとって思ったんだ」

隣で彼が呆れたように溜息をついている。

「とにかく無事で良かったです。いや、でもこのケガ。無事とは言えないか」なんて言う。

突然、ガンッと何かが壁にぶつかる音がした。続いて凄まじい爆音と閃光《せんこう》を感じ、そのまま天地が分からなくなって倒れ込んだ。

耳がキーンとなって聞こえない。強い光を見たために目の前が真っ暗になって何も見えなかった。一瞬、意識を失っていたのかも知れない。気がつくと周囲の水かさが増えている。え？　何？　事態が飲み込めないまま侑香は彼に手を引かれて走っていた。

ようやく音と視界が戻ってきたみたい。

既に水が膝の辺りまで来ている。後ろからどうっどうっと音を立てて水が流れて来ているのだ。足を取られて転んだ。

「え、なんで？　何これ」

彼が何か言っているが水音に掻き消されて聞こえない。あっという間に水かさが増していく。水底に沈んでいく。そうだったと思い出した。自分には似合いの冷たくて静かな場所。もういいよと思った。

必死で侑香を引き上げようとする彼もまた、水の勢いに立っているのも難しいようだ。

「逃げて。私はいいから」

咄嗟に私と言ってしまったことにも気づかず、彼を突き放す。繋いでいた手が離れ、たちまち彼が遠ざかっていく。

汚い水を飲み、流されて、身体が沈む。

もう本当にこれで最後なんだと思った時、腕を摑まれた。嘘、なんで逃げないんだと、ちょっと腹が立った。でも、そのまま引っ張り上げられて、気がつくと金属の足場みたいなところに乗せられている。足場といっても金属の細い棒を伸ばしコの字にしたもの。

狭い足場に二人が乗るのは無理だ。彼はつま先立ちで侑香の身体を支え、天井近くにある同じ金属を懸垂みたいに摑んでいた。水位が上がり、侑香の首の辺りまで来ている。もうどこにも逃げ場がなかった。

「なんで？　なんでだよ。航太君だけでも逃げれば良かったのに」

「あなたを護るのが俺の仕事なんです」

水の音に負けないように二人で怒鳴り合っている。水しぶきで頭までずぶ濡れだ。仮に水位がこれ以上あがらなかったとしても、彼が手を離したら最後だ。侑香は水の中に落ちる。懸垂をしている方の手だってもう限界のはずだ。すごい無理な姿勢なんだから。

水圧で今にも手が離れ、流されてしまいそうだ。

このままじゃダメだ——。支えてくれている彼の手を振りほどいて自ら水の中に落ちようとした時、彼の左腕に抱きしめられた。

「絶対に離しません」

「でも、このままじゃ二人とも死んじゃう」

「二人とも生きて帰るんです。約束したでしょう。俺は絶対に諦めない」

力強い言葉。悔しいのか嬉しいのか悲しいのか分からない。でも涙が出て来て、馬鹿みたいに鼻水を啜っている。

「ラジオ収録の時、公園の前で初めて会いましたよね。あの時、私は本当に就活生に見えたんですか？」

　闇の中で突然、彼が話を始めた。世間話をするみたいにごく普通の調子だ。

「うん。君がボディガードだって知ったのはその後だから」

　彼が苦笑する。密着している身体を通してダイレクトに伝わって来るのだ。

　笑いだけじゃない。手や足の震えが伝わる。筋肉が悲鳴をあげているのだろう。苦しいだろうに、彼の声はいつも通りに誠実で、そしていつも以上に明るかった。慣れ親しんだ絶望の中へ侑香が墜落しないよう、彼の声が支えてくれているのだ。香の曲を聴きながら瞑想するカエル王子とか、とある会社の命運を握るインコのボディガードをした時のこととかさ。おかしくてシュールな話。

「ね、香さん」

　笑い声が途切れた一瞬、沈黙が降りる。不意に彼が口を開いた。

「明日からもまた歌ってくれますよね？」

「明日？」

　明日なんてもう来ないような気がする。たとえここから生きて出られたとして、明日？　明日の世界はきっと何も変わっちゃいないだろう。けれども自分にはもう明日は来ない。今日の次は明日じゃなくて、また灰色の昨日に戻ってしまう気がした。

「なんでそんなこと訊くんだ？」

「大丈夫ですよね？　あなたはこれから世界を手にするんですよね」

それはもうできないんだと気づかされる。石神の言った通りだ。香の人生はあの鬼に支配されている。自分の歌だと思っていたものはあの日の傷から芽吹いた毒花なのだ。

黙っている香に、彼は慌てたみたいだ。

「まさかあの男が言ったことを気にしてるんですか？　あんな戯《ざ》れ言《ごと》」

「戯れ言じゃない。事実だよ」

「そんなわけないじゃないですか」

即座に返された言葉に悲しくなった。彼ならそう言うだろうと思っていた。そうだよ、彼がどんなに誠実でも優しくても分かるはずがない。香がどれほど惨めな存在なのかを。

答えない香に、彼は手足の痛みを思い出したみたいだ。呻《うめ》きを飲み込み、身じろぎを繰り返している。

「だからもういいよ。航太君、ありがとう。僕を離してくれ」

「絶対に離しません」

耳許で大声で言われ、ちょっと怯んだ。

「香さん、これから残酷なことを言います。許して下さい」

え、と思う香の耳に彼の言葉が聞こえた。

「あなたのお姉さんは死の間際に何を考えたと思いますか」

この人らしくもないストレートな言葉に驚く。彼はいつだって香を傷付けないように気をつかってくれていた。

「お姉さんはあなたを恨んで死んで行ったと思ってるんですか？」

「そりゃそうだろ。僕がこの公園に誘わなければ姉は死ななかったんだ」

「自分じゃなくて妹が死ぬべきだったと？」

「そうだね」

考えるのが面倒になって香は頷いた。こんな風にストレートに姉のことをぶつけられたことはこれまでなかった。結構しんどいやと思う。

「俺の考えは違います。優しい人だったんでしょう？　香さん言いましたよね。あなたの声を好きだって褒めてくれたって」

ああ、そうだったなと思い出す。

ふと、風を感じた。濡れた髪から水が蒸発していく。体温を奪われていくはずなのに寒くはなかった。彼の体温に包まれているせいかも知れない。夏の海、泳いだ後のけだるさに似た感覚だ。何故だろうと思う。こんな状況で、しかも今は十月だ。なのに唐突に涼しい風が吹く木陰でサイダーを飲んだ日の情景が思い出され、無性に懐かしくなった。

グラスの中でしゅわしゅわと立つ泡。その向こう側に輝く海、水平線を行く船影。太陽の眩しさ。きらきらと輝くまだあの事件が起こる前の幸せな時間。今まで一度だって思い出したことがない五歳の記憶だ。

姉が、リカが侑香の手を取って、二人で歌いながら砂浜を歩いていた。

リカはいつも後ろから追いかける侑香を笑いながら待っていてくれた。おやつだってイチゴだって、必ず侑香に大きい方をくれた。

近所の男の子に侑香がいじめられた時には普段の穏やかさが嘘みたいに男の子に仕返しをして、自分も泥だらけになって笑っていた。

何故、忘れていたのだろう。リカは天使なんかじゃなくて、侑香の大切なこの世にたった一人の姉だったのに。

「俺は一人っ子なのできょうだいのいる人の気持ちは分かりません。でも、もし自分に妹か弟がいて、あなたのお姉さんの立場になったとしたら、自分の方で良かったと思うんじゃないかって……」

自分の方で良かった？　どういう意味なんだと思う。今、彼がどんな顔をしているのか分からない。彼は自分の言葉に驚いたようで一瞬、声を飲みこんだ。

「あ……。す、すみません。あなたのお姉さんのこと何も知らないのにこんな」

「ううん、いいんだ。続けてくれ」

彼は何かに突き動かされているみたいに続ける。もし、俺があなたのお姉さんなら——。

「きっとね、きっと……ああ、あなたが無事で良かったって」

あれ？　と思う。暗闇の中、すぐ隣で語る彼の声がリカの声のように感じられたのだ。

「侑香、ごめんね」

そんなわけないのに——。

「これからあなたには辛い思いをさせるかも知れない」

そうだよね、お姉ちゃん。ずっとすごく辛かった。

「多分、もう私は助からない」

あの日、鬼が去り助けが来る前、侑香は一度現場に戻ったのだ。

あの時、まだリカには息があって一瞬、目を開けて侑香を見た。その記憶をずっと封じていた。あまりにも恐ろしかったから。

だけど、そうだ。姉は侑香を見て、ほっとしたような顔をした。こちらへ伸ばしかけた手は途中で床に落ちてしまったけれど。

あの時、ちゃんとその手を摑めば良かった。後悔が押し寄せて叫び出してしまいそうだ。

「大丈夫、あなたのせいじゃないよ。だからどうか気に病まないで。あなたはあなたの人生を胸張って歩いて欲しい」

不思議だった。姉が隣にいて抱きしめてくれているような気がする。

お姉ちゃん……。そうだった？　本当にそれでいいのかな？　僕は勝手にいじけて自分を憐れんで、自分だけが苦しいんだと思っていた。お姉ちゃんの悔しさや悲しみを代わりに背負い続けていかなければと思っていた。

だけど、それじゃお姉ちゃんはどこにも行けない。幽霊なんて信じちゃいないけど、いもしないリカの影に怯えてきたのは事実だ。

僕が間違ってたよ、お姉ちゃん。優しいあなたのことだもん、こんな侑香を見たら悲しんで本当にどこにも行けないよね。

ごめんね、ごめんねと何度も繰り返す。涙が次から次へと頬を伝っていく。

泣きたいような幸福感。夏の日の時間と今が重なり合ってたゆたっているようだ。彼に負担をかけているのが分かりながら、この時間がいつまでも終わらなければ良いと思ってしまった。

どれぐらいの時間が経ったのだろう。数時間にも数分にも思える。少しずつ水量が減り始めたと思ったら、一気に水が引き始めた。

「おーい。無事か？」

ざばざばと腰まで水に浸かりながら烈君がやって来た。「いやぁ参ったぞ、真夜中の水攻めとはな」なんて言う彼の言葉はいつも通り楽しそうだけれど、侑香たちの無事を確認してほっとした様子だ。

「さ、姫。こっちだ。お手をどうぞ」

そう言って烈君に手を取られる。彼の体温が離れていくのが切なかった。

ようやくトンネルの外に出るともう空が白み始めている。水に濡れた身体に夜明けの風が冷たくて夢から醒めたような気がした。

ああ、そうだと思い当たる。彼は、久遠航太はボディガードだ。彼は香の声を護るためにここにいる。これ以上求めてはいけない。分かっているのに、それでも、彼の体温が愛しくて感情がこみ上げてくる。

「お風邪など召してはいけません」

待ち構えていたイケメン執事みたいな一色がエレガントな動作で侑香の身体を毛布でくるむ。彼はてきぱきと傷の手当をしてくれた。

遠くから救急車とパトカーの音が近づいてくるのが聞こえる。

「閃光手榴弾《しゆりゆうだん》だって？　どういうことだいそりゃ？」

烈君と彼が話していた。彼はもうユナイテッド４の警護員の顔に戻ってしまっている。

あんな風に彼を独り占めできたのが夢のように思えた。侑香は一色に世話を焼かれながら、彼を目で追っている。一色が小さく溜息をついて、航太君を呼んでくれた。

「久遠君、彼女が話をしたいそうですよ。間もなく救急車が到着しますので香様、手短になさって下さい」

くしゅんと烈君が意外に可愛らしいくしゃみをした。

「まったくあなたという人は」

呆れ顔で近づいた一色が毛布を手渡しながら烈君に小言を言っている。烈君は愉快そうに笑い、悪びれた様子もない。そんな二人の様子を横目に見ながら、侑香は彼を見上げた。

「航太君、僕は明日からも歌うよ」

東京に帰ったら今度こそ、警護を解除してもらうつもりだと告げる。昨日までの自分はここに置いていく。今度こそ自分の意思で自分の足で歩き出そうと思った。

きっともう声を失うことはないから——。

でも、でも、彼に隣にいて欲しいと心が叫んでいる。恋人も友達もそんな面倒なものいらないと思っていた。だけど、今、もっと深く彼のことを知りたいと願う。嬉しいことも、悲しいことも、全部彼と分かち合いたいと願う。この感情を何と呼ぶのか知らない。けれども、これまでの人生でこれほど何かを求めたことなんてなかった。

今、ここで言わないと、彼との繋がりは切れてしまうだろう。そんなの嫌だ。

でも何を言えばいい？　何て言えばいい？　きっと困らせてしまうと分かっていた。

それでも、言わなければきっと後悔する。

ありったけの勇気を集めて言った。

「僕は君が好きだ。もし良かったら付き合ってもらえませんか」

彼の大きな目が丸くなる。

「え、えっと……あの、すごく嬉しいです。ありがとうございます」

赤くなった顔でちょっとだけ横を向く。だけど、彼はすぐに真顔になってまっすぐこちらを向いた。悲しげな表情だと思う。

「俺……、いや私はまだまだ未熟者で足りないものが多すぎる。情けないです。あなたをこれから先、護り通すにはまだまだ学ばなければならないんです」

「護って欲しいわけじゃないんだ。君と対等の関係で並んで歩きたいと思っただけだよ」

一瞬、彼の大きな目に涙の膜が浮かぶのを見た。

でも、彼はきゅっと唇を結んで、すぐに感情を立て直したみたいだ。

「できれば私もそうしたいです。でも……ごめんなさい。私にはこれから立ち向かっていかなければならないものがある。本当の自分をまだ取り戻せていないんです。だから、だから、ごめんなさい。今はお応えすることができません」

そう言って頭を下げられた。彼が何かを抱えていることは侑香も知っている。

「そっか。うん、困らせてごめん」

何か大事なものが離れていってしまう気がする。切なくて寂しくて泣きそうだ。でも、ちゃんと笑えた。

彼はゆっくり首を振る。

「ありがとうございます。本当に嬉しかったです。きっと……きっと、これからも私は香さんの歌を聴き続けます」

「うん、ありがと……」

「今後のご活躍を楽しみにしています」

そう言うと彼は深々とお辞儀をした。

空を見上げると、たなびく雲の端が赤く染まっている。森みたいな大木から鳥がきれいな空に向かって飛び立っていく。

あ、と思った。お姉ちゃんの透き通った声。のびやかに歌っている？　空に溶けていく一瞬、確かに聞こえた気がした。

悪夢の舞台でしかなかった公園。もう来ることはないだろうけど、自分はこの日のことを一生忘れないんだろうなと思った。

◆